U0554848

儿童文学怎么教

儿童文学文体知识与阅读教学

朱自强 / 著

中国人民大学出版社
·北京·

图书在版编目（CIP）数据

儿童文学怎么教：儿童文学文体知识与阅读教学／朱自强著 . -- 北京：中国人民大学出版社，2022.9
　　ISBN 978 - 7 - 300 - 30962 - 0

　　Ⅰ.①儿… Ⅱ.①朱… Ⅲ.①儿童文学理论—教材 Ⅳ.①I058

中国版本图书馆 CIP 数据核字（2022）第 158767 号

儿童文学怎么教：儿童文学文体知识与阅读教学
朱自强　著
Ertong Wenxue Zenme Jiao: Ertong Wenxue Wenti Zhishi Yu Yuedu Jiaoxue

出版发行	中国人民大学出版社		
社　　址	北京中关村大街 31 号	邮政编码	100080
电　　话	010 - 62511242（总编室）		010 - 62511770（质管部）
	010 - 82501766（邮购部）		010 - 62514148（门市部）
	010 - 62515195（发行公司）		010 - 62515275（盗版举报）
网　　址	http://www.crup.com.cn		
经　　销	新华书店		
印　　刷	北京华宇信诺印刷有限公司		
规　　格	168 mm × 239 mm　16 开本	版　次	2022 年 9 月第 1 版
印　　张	12.25　插页 1	印　次	2022 年 9 月第 1 次印刷
字　　数	180 000	定　价	68.00 元

版权所有　　侵权必究　　印装差错　　负责调换

目 录

自序 / 1

第一章 儿童文学与小学语文教育

一、儿童文学与小学语文教育的历史渊源 / 7
二、儿童文学是什么样的文学 / 12
    1. 儿童文学是朴素的文学 / 13
    2. 好的儿童文学作品是有意味的 / 15
    3. 好的儿童文学作品寓深于浅 / 17
三、儿童文学为什么是小学语文教育的主体性资源 / 20

问与答 / 23

第二章 童谣的艺术特点与阅读教学

一、童谣释义 / 29
二、童谣的分类 / 31
三、童谣的价值 / 32
    1. 记载和保存民俗 / 32
    2. 传递正确的道德观与价值观 / 33
四、童谣的特质 / 34
    1. 趣味性 / 34
    2. 浅易性 / 36
    3. 音乐性 / 37
五、童谣的修辞和表现手法 / 39
    1. 顶真 / 39

2. 比兴 / 40

　　3. 白描 / 40

六、童谣的十种形式 / 41

七、童谣的阅读教学 / 43

　　1. 唱诵教学法 / 43

　　2. 比较教学法 / 43

　　3. 游戏教学法 / 44

　　4. 提问教学法 / 44

　　5. 选择教学法 / 45

问与答 / 45

第三章　童诗的艺术特点与阅读教学

一、童诗的艺术特点 / 51

　　1. 童诗的"独白" / 51

　　2. 童诗的意象 / 54

　　3. 童诗的"自我" / 56

　　4. 童诗的修辞 / 58

二、童诗的阅读教学 / 61

　　1. 朗读教学法 / 61

　　2. 改写教学法 / 64

　　3. 选择教学法 / 67

　　4. "欲言又止"法 / 68

　　5. 比较教学法 / 69

问与答 / 70

第四章　儿童故事的艺术特点与阅读教学

一、什么是故事 / 73
二、儿童故事的艺术特点 / 75
　　1. 事件具体而完整 / 75
　　2. 事件能够引起并满足读者的好奇心 / 78
　　3. 人物性格类型化 / 79
三、儿童故事的阅读教学 / 80
　　1. 如何整体地把握一个作品 / 80
　　2. 选择教学法 / 82
　　3. 词语教学法 / 84
　　4. 改写教学法 / 86

问与答 / 86

第五章　童话的艺术特点与阅读教学

一、童话的定义 / 91
二、民间童话与创作童话的区别 / 92
三、童话与幻想小说的区别 / 95
四、童话的阅读教学 / 97
　　1. "天真的方式" / 97
　　2. 教学示例：《去年的树》的阅读教学 / 103

问与答 / 106

第六章　绘本的艺术特点与阅读教学

一、绘本的艺术特点 / 111
　　1. 绘本是一种媒介 / 111

2. 绘本是一种统合了视觉和听觉的艺术 / 117

3. 绘本能与读者互动,极具建构性 / 118

二、绘本的阅读教学 / 119

1. 复述教学法 / 119

2. 游戏互动法 / 119

3. 推演教学法 / 121

4. 比较教学法 / 123

5. 教学示例:《我的爸爸叫焦尼》的阅读教学 / 124

问与答 / 126

第七章 儿童小说的艺术特点与阅读教学

一、儿童小说的文体特点 / 131

1. 儿童小说的"情节"与儿童故事的"事件"的区别 / 131

2. 儿童小说的人物与儿童故事的人物的区别 / 134

二、儿童小说的阅读教学 / 138

1. 关注作品的结构及作品刻画的人物性格 / 138

2. 如何教儿童成长小说 / 139

问与答 / 146

第八章 儿童散文的艺术特点与阅读教学

一、散文是什么 / 149

二、儿童散文的题材和类别 / 151

1. 直接描写儿童生活的散文 / 151

2. 作者回忆童年往事的散文 / 153

3. 表现大自然的散文 / 153

4. 记述旅行见闻的散文 / 156

三、儿童散文阅读教学的几个原则 / 156
    1. 重视叙事性 / 156
    2. 重视视角 / 159
    3. 抓住文中那个不散的"神" / 162

问与答 / 163

第九章 整本书阅读的教学方法

一、什么是阅读 / 167
二、什么是整本书 / 168
三、整本书阅读与单篇作品的阅读有哪些区别 / 171
    1. 整本书包含更多的信息 / 171
    2. 整本书有更复杂的结构 / 173
    3. 整本书中的人物性格更复杂 / 173
    4. 整本书有更多、更复杂的人物关系 / 173
四、进行整本书阅读指导必须具备文体意识 / 174
五、整本书的结构类型 / 175
    1. 单线贯穿结构 / 175
    2. 双线交织结构 / 177
    3. 主线和单副线结构 / 178
    4. 主线和双副线结构 / 180
    5. 树状结构 / 181
六、整本书阅读教学的注意事项 / 182
    1. 教学之前要对作品进行整体性的研究 / 183
    2. 要将学习的重点作为阅读与教学的切入点 / 183
    3. 要关注作者在书中使用的修辞手法 / 185

问与答 / 187

自　序

《儿童文学怎么教：儿童文学文体知识与阅读教学》是我以儿童文学为原点进行小学语文教育教学研究的第四本书。第一本书是 2001 年出版的《小学语文文学教育》，第二本书是 2009 年出版的《朱自强小学语文教育与儿童教育讲演录》，第三本书是 2015 年出版的《小学语文儿童文学教学法》。我的小学语文教育教学研究走过了二十多年的历程，经历了从语文教育理念研究到理念指导下的教学方法研究的转变，这四本书就是这一转变的见证。

有人觉得，我是研究儿童文学的，跑去研究小学语文教育有点儿奇怪。但是我认为，我以儿童文学为原点进行的小学语文教育研究，是一种前沿的、真正的小学语文教育研究。

为什么说我所做的研究是"前沿的"小学语文教育研究？2001 年出版的《小学语文文学教育》是我在 1999 年年底获批的教育部师范教育司（2012 年更名为"教师工作司"）教材项目的研究成果。对我国的小学语文教育来说，2001 年是十分重要的一年，因为正是在这一年，《全日制义务教育语文课程标准（实验稿）》颁布。新标准不仅强调语文教育的人文性，在一定程度上还显示出对文学的重视，尤其是在低年级（一、二年级）的阅读要求里，出现了"阅读浅近的童话、寓言、故事""诵读儿歌、童谣"等字样。从中我们可以看出较为清晰的儿童文学意识，这与之前的教学大纲里既没有出现"文学"这一表述，也没有出现具体的文学体裁的情况相比，是一个明显的进步。从某种意义上讲，我的《小学语文文学教育》一书可谓"春江水暖鸭先知"，书中提出的用儿童文学进行语文教育的理念，是处于时代前沿的。

为什么说我所做的研究是"真正的"小学语文教育研究？语言不能脱离形式而存在。儿童文学是小学语文教育的主体性资源。小学语文教育如果脱离儿童文学这一艺术形式，将成为无源之水、无本之木。所以，我在《小学语文儿童文学教学法》一书中，就将"形式分析"列为儿童文学阅读教学的六大原则之一，并做了重点论述。我们的语文教学，若只讲作者在文本里写了什么，只是完成了一半，还不是"真正的"语文教学；只有既讲作者在文本里写了什么，又讲作者是怎么写的，语文教学才算全部完成。

《小学语文儿童文学教学法》比较受小学语文教师的欢迎。很多教师认为这本书不仅有理论，而且很实用，可以帮助他们解决很多阅读教学中的具体问题。一位语文特级教师在与我交流时提出建议："如果您能围绕不同文体的儿童文学作品的不同艺术特点来讨论儿童文学的教学方法，对一线教师会有极大帮助。"这位特级教师的话给了我很大启发，于是，在亲近母语（一家提供儿童阅读与母语学习产品和服务的公司）邀请我为语文教师开设培训课程时，我设计了"儿童文学文体知识与阅读教学"这门课程。本书就是根据这门课程的课堂录音整理而成的。在成书时，考虑到整本书阅读教学十分重要，而一些教师对整本书阅读教学的认识比较模糊，所以我增加了"整本书阅读的教学方法"一章。

与儿童文学文体知识的内容相比，本书中结合文体知识进行阅读教学的部分显得薄弱一些。造成这种情况的原因主要有两个：一是结合儿童文学文体知识进行阅读教学研究，几乎是另起炉灶，有一定的难度；二是我目前还有一些切要的研究工作要做，难以将全部精力用在这项研究上。希望本书能开个头，吸引更多的人结合儿童文学的文体知识研究儿童文学阅读教学。

本书是对课堂教学实录的整理，所以保留着一定的口语化特点。特别是课堂上的互动，更是即兴提问和应答。这种即兴提问和应答，也许更能反映来自教学实践的问题和需求。

如果本书能为一线语文教师和儿童阅读推广者带来一些具体的帮助，我则深感欣慰。

2022 年 5 月 1 日

第一章 儿童文学与小学语文教育

孔子说："不学《诗》，无以言。"在这里，我想对大家说："不学儿童文学，无以言小学语文教育。"我说这句话是很慎重的。我认为，离开了儿童文学，小学语文教育是难以成立的。如果小学语文教师不学儿童文学，不懂儿童文学，小学语文教育将出现"内容不清、方法不灵、方向不明"的问题。所谓"内容不清"，指的是如果教师不懂儿童文学，恐怕就不知道小学语文教的是什么。所谓"方法不灵"，指的是如果教师不懂儿童文学，就不知道把文学教育落到实处的方法。所谓"方向不明"，指的是如果教师不懂儿童文学，恐怕就搞不清楚语文教育的方向。我们只有从儿童文学的语言观出发，才不至于被一些错误观点，如"语文是人类交际的工具"等，引向错误的方向。我曾提出"语言是人类心智世界的建构物和创造物"这一观点。我认为，小学语文教育的目标就是让学生通过语言的学习成为有创造性的人，而不仅仅是掌握语言这样一个工具。儿童文学在这方面可以发挥很大的作用。所以，儿童文学是小学语文教育的主体性资源。

第一章有点儿像导论，我想先探讨一下儿童文学与小学语文教育的关系。我将从以下三个方面加以分析：第一，儿童文学与小学语文教育的历史渊源；第二，儿童文学是什么样的文学；第三，儿童文学为什么是小学语文教育的主体性资源。

一、儿童文学与小学语文教育的历史渊源

知道一个事物的来龙去脉，有助于我们正确地认识它的性质。我们只有将儿童文学与小学语文教育的关系梳理清楚，才能够正确地理解儿童文学所具有的语文教育价值。

在古代，基础教育主要由私塾、社学、义学等机构负责。在这些机构

里，学生究竟学什么？怎么学？我们做一下简单的梳理和考察。

儿童首先要学蒙学读物，也就是那些专为学童编写的读物，如《三字经》《千字文》《神童诗》《千家诗》《幼学琼林》等。儿童学完这些之后还要学儒家经典。清朝郭尧臣的《村学诗》这样描述乡村私塾里的热闹场景：

> 一阵乌鸦噪晚风，诸生齐逞好喉咙。
> 赵钱孙李周吴郑，天地玄黄宇宙洪。
> 《千字文》完翻鉴略，《百家姓》毕理神童。
> 就中一个超群者，一日三行读大中。[①]

郭尧臣除了讲到《千字文》和《百家姓》外，还用调侃的语气写道："就中一个超群者，一日三行读大中。""大""中"分别指我国古代的儒家经典《大学》和《中庸》。这首诗告诉我们，在我国古代启蒙教育（相当于今天的小学教育）阶段，儿童是要阅读儒家经典的。

无论是蒙学读物还是儒家经典，儿童的学习方法均是"盲诵枯记"。

鲁迅在散文《五猖会》中写到，有一次他非常想看五猖会（一种迎神赛会），可父亲逼着当时七岁的他在去看五猖会之前，必须背熟《鉴略》中的二三十行，而鲁迅对"粤自盘古，生于太荒，首出御世，肇开混茫"这样的句子是"一字也不懂"，只好"'粤自盘古'就是'粤自盘古'，读下去，记住它，'粤自盘古'呵！'生于太荒'呵！……"。这就是"盲诵枯记"。鲁迅好不容易背下了父亲要求的那些段落，当父亲说"不错。去罢"时，鲁迅却已经失去了去看五猖会的兴趣。鲁迅的描述非常生动形象地展现了"盲诵枯记"的学习方式是怎么使一个孩子不仅失去了对学习的

---
① 张玮. 神童诗·续神童诗[M]. 北京：中华书局，2013：1.

兴趣，还失去了对生活的兴趣的。

在著名的散文《从百草园到三味书屋》里，鲁迅写道：

> 于是大家放开喉咙读一阵书，真是人声鼎沸。有念"仁远乎哉我欲仁斯仁至矣"的，有念"笑人齿缺曰狗窦大开"的，有念"上九潜龙勿用"的，有念"厥土下上上错厥贡苞茅橘柚"的……。先生自己也念书。后来，我们的声音便低下去，静下去了，只有他还大声朗读着：
>
> "铁如意，指挥倜傥，一座皆惊呢～～；金叵罗，颠倒淋漓噫，千杯未醉嗬～～……。"
>
> 我疑心这是极好的文章，因为读到这里，他总是微笑起来，而且将头仰起，摇着，向后面拗过去，拗过去。

学童们在私塾里要学习《论语》《幼学琼林》《易经》等读物，但书中没有标点符号，因此他们是读不懂的。只有那位老先生念的句子是有标点符号的，只有老先生自己才明白那些句子的意思。鲁迅为什么写"我疑心这是极好的文章"？因为虽然"我"不知道先生读的文章是什么意思，可是根据他读书时的声音、表情和动作，"我"推断先生读的是很好的文章。这其实也说明了孩子们对自己所读的东西是不理解的。

这样的学习方式效果如何呢？周作人也接受过私塾教育，他在《我学国文的经验》中是这样描述这段经历的：

> 我到十三岁的年底，读完了《论（语）》《孟（子）》《诗（经）》《易（经）》及《书经》的一部分。"经"可以算读得也不少了，虽然也不能算多，但是我总不会写，也看不懂书，至于礼教的精义尤其茫然，干脆一句话，以前所读之经于我毫无益处……

他在《儿童的书》一文中，说道："我幼时念的是'圣贤之书'……因为念那圣贤之书，到十四岁时才看得懂'白话浅文'……"

读了那些"圣贤之书"后，不仅看不懂文章，连阅读"白话浅文"的能力都没有养成，可以想见，这种"盲诵枯记"的学习方式效果究竟如何。

英国传教士约翰·麦嘉温（John MacGowan）在中国生活了几十年，他看到当时中国的私塾里使用《三字经》这样的读本，有很大的意见。他认为当时中国的课本，也许是学生手中最枯燥、最陈腐、最古怪的东西了。西方人一般是从"猫""狗"之类的词开始学起的，我记得我上小学时，也是从"人""手""口""马""牛""羊"开始学起的。而在中国古代，私塾里的孩子们读的则是蕴含深奥伦理观点的《三字经》等。孩子们怎么读得懂呢？

好像是为了证明约翰·麦嘉温的观点，郭沫若在《我的童年》一文中写了他在读《三字经》时遭受的折磨：

> 发蒙读的是《三字经》，甚么"人之初，性本善，性相近，习相远"这样很暧昧的哲学问题，撇头撇脑就搁在儿童的头上，你教他怎么能够懂？你教他怎么能够感觉趣味？我读不上三天便逃起学来，怎么也不愿意再上学。但已经是穿了鼻子，你便怎样反抗也没有办法了。①

今天的孩子恐怕也读不懂《三字经》。《三字经》里的"人之初，性本善。性相近，习相远。苟不教，性乃迁"是关于人性论的哲学思想，孩子们很难读懂。即使是像"香九龄，能温席"这样稍微浅白的话语，孩子们也不容易理解。

---

① 郭沫若. 郭沫若散文 [M]. 北京：人民文学出版社，2018: 35.

清朝末年中国社会开始慢慢转型。随着西方列强的入侵，中国逐步开放门户。在这个过程中，中国人民开始意识到中国社会如果不变革，被动挨打的状况是难以改变的。于是，在清朝光绪年间，戊戌变法开始了。从1898年6月到9月，这场变法运动历时三个多月。其间，以康有为、梁启超为代表的维新派说服了光绪皇帝进行教育改革。

康有为在上书光绪皇帝的奏折中提出"公私现有之书院、义学、社学、学塾，皆改为兼习中西之学校"。光绪皇帝接受了建议，然后颁布上谕，要求把全国的义学、社学、学塾等都改为学堂。

1898年9月21日，慈禧太后发动政变，戊戌变法失败。慈禧太后一度禁止把义学、社学、学塾等改为学堂，但1900年庚子国变后，慈禧太后也意识到了改革的必要性，又命令将义学、社学、学塾等改为学堂。然而，在1904年实行的癸卯学制中，我们还是看到了这样的字样："中小学堂，宜注重读经，以存圣教。"辛亥革命后，中华民国南京临时政府实行壬子癸丑学制，改学堂为学校，废除了尊孔读经。

吴研因是非常著名的小学语文教育专家，他曾经为小学低年级学生编写油印教材。吴研因在《清末以来我国小学教科书概观》中说："民十左右又有人提倡儿童文学……儿童文学的高潮就大涨起来，所谓新学制的小学国语课程就把'儿童的文学'做了中心。"[①] 他的说法是成立的，把儿童文学作为中心，是20世纪30年代的一个典型事件。叶圣陶编著的《开明国语课本》是非常典型的儿童文学课本，里面收录的几乎都是儿童文学作品，而且大部分都是叶圣陶自己创作或者改编的。

1923年颁布的《新学制课程标准纲要小学国语课程纲要》里有这样的表述："取材以儿童文学（包含文学化的实用教材）为主。"在此后的好几种小学语文教学大纲里，都有重视儿童文学的表述。1963年后，小学语

---

① 吴研因.清末以来我国小学教科书概观[J].中华教育界，1936(11): 103–107.

文教学大纲里"儿童文学"的字样就基本消失了。我个人认为,之所以出现这个变化,很可能与"工具论"的出现及影响不断扩大有关。"工具论"认为,应用标准化的流程来"训练"技能,语文教学的根本任务是用"训练"这一方法提高学生运用语言文字的能力。这必然会影响文学教育。于是,1978年以后,小学语文教学大纲中不仅"儿童文学"的字样消失了,连"文学"的字样都基本消失了。2001年颁布的《全日制义务教育语文课程标准(实验稿)》开始在一定程度上重新重视儿童文学,明确提出学生在低年级要学习童话、寓言、故事(均为儿童文学体裁),还规定了学生在每个学年段的阅读量。这种对儿童文学的重视,又延续到2011年颁布的《义务教育语文课程标准》里。

二、儿童文学是什么样的文学

儿童文学是什么样的文学?为什么在很长的一段历史时期内(以及当下),小学语文教育都重视儿童文学,甚至把儿童文学作为中心?我认为,这与儿童文学的独特性有关,与儿童文学的独特价值有关。

有人认为儿童文学是"小儿科"。他们看不起儿童文学,认为儿童文学是低级的、幼稚的。我在很多场合也曾强调过儿童文学是"小儿科",但我这个"小儿科"是褒义的。在医学领域,儿科十分重要,儿科的专家地位也是很高的,非常受人尊重。儿童文学也应该被大家重视。

我们知道,医学、哲学、心理学等学科一开始并没有关注儿童,它们关注的主要是成年人,比如古希腊哲学一开始是研究成年人的哲学。为什么会出现这种情况?面向儿童的研究,为什么都开始得比较晚?这是因为我们做事情时倾向于先做自己能做到的事情。只有当我们的智慧发展到更高水平时,我们才能够创造出那些面向儿童的学问,比如儿科、儿童哲学、儿童心理学。儿童文学也是如此，它是人类在自身的智慧发展到较高水平时才创造出来的一种独特的文学。那么，儿童文学是什么样的文学呢？

1. 儿童文学是朴素的文学

我在《儿童文学的本质》一书中说："自然、朴素的儿童文学是大巧若拙、大智若愚、举重若轻、以少少许胜多多许的艺术，它在本性上拒斥'好为艰深之辞，以文浅易之说'的浮华雕饰的艺术。"[①] 我认为，"浮华雕饰"和"好词好句"是一样的。很多小学语文教师十分重视"好词好句"，其中的"好词"主要是指形容词和成语。作家老舍和诗人余光中都反对滥用形容词，他们重视对动词的运用，而这恰恰是儿童文学创作所遵循的一个原则。

老舍的《小坡的生日》是一部儿童文学作品。老舍在《我怎样写〈小坡的生日〉》一文中是这样说的：

> 最使我得意的地方是文字的浅明简确。有了《小坡的生日》，我才真明白了白话的力量；我敢用最简单的话，几乎是儿童的话，描写一切了。我没有算过，《小坡的生日》中一共到底用了多少字；可是它给我一点信心，就是用平民千字课的一千个字也能写出很好的文章。我相信这个，因而越来越恨"迷惘而苍凉的沙漠般的故城哟"这种句子。

老舍不喜欢用形容词堆砌出来的句子，他认为这种句子是没有表现

---

① 朱自强. 儿童文学的本质 [M]. 上海：少年儿童出版社，1997: 308.

力的。

我在《儿童文学概论》这本书中还说过这样的话：

> 儿童文学是"朴素"的文学。它是一种"简化"的艺术形式。正是因为被简化，它能够更鲜明、更清晰、更准确地逼近事物和生活的本质。
>
> 自然（大巧若拙，浑然天成），但是不是无为；本色（质地形色站得住脚），但是不苍白；简约（洞悉了事物的本质），但是不空洞；单纯，但是不简单；率真（有如《皇帝的新装》里的那个孩子），但是不幼稚。儿童文学这一"朴素"文学拥有的实在是高超的艺术境界。在儿童文学这里，"朴素"是金，华丽是银；单纯是金，复杂是银。①

儿童文学就是一种大道至简的艺术形式，因为被简化了，所以它能更鲜明、更清晰、更准确地揭示事物和生活的本质。

比如，诗人洪志明曾写过一首名为《笑了》的童诗：

> 哥哥饿了，
> 弟弟尿了，
> 妹妹哭了，
> 爸爸急了。
> 妈妈说：
> "我来了，我来了。"
> 大家都笑了。

---

① 朱自强. 儿童文学概论[M]. 上海：华东师范大学出版社，2021：51.

这首诗非常简短、朴素，没有一个形容词或成语，只有简简单单的动词，但是特别具有表现力。作者以简化的艺术形式，非常清晰透彻地揭示出在一个家庭中女性作为母亲和妻子的顶梁柱的作用。这就是儿童文学的功夫，就是这种简化的艺术形式所具有的艺术表现力。我们想一想，成人文学里有没有只用简简单单的几句话就能将一个母亲的形象塑造得如此传神的例子？

再比如民间童谣《馒头花》：

馒头花，开三朵，俺娘从小疼着我。
怀里抱，被里裹，大红枕头支着我。
俺娘得病俺心焦，摘下金镯去买药。
人人都说可惜了，俺娘好了值多少？

这首童谣表现了金钱和亲情之间的关系，反映出孩子与母亲之间浓浓的亲情。这让我联想到《论语》里的一句话："君子喻于义，小人喻于利。"我觉得这句话和这首童谣是有相通之处的。这首童谣仅仅通过这样一种简单的叙述方式就表现出我们在生活中经常遇到的状况，并告诉我们该如何取舍，这是极为可贵的。这样的童谣能让我们感受到思想的力量。

2. 好的儿童文学作品是有意味的

儿童文学对故事极为重视，最会讲单纯而有意味的故事。对儿童文学来说，故事不是万能的，但是离开故事是万万不能的。儿童文学为什么这么重视故事？因为儿童的思维方式就是故事性的思维方式。儿童文学中的故事都很单纯，但是却很有意味。比如童谣《鹁鸪鸪》：

鹁鸪鸪，要做窝。

早上做，露水多。

　　上午做，天太热。

　　晚上做，蚊子多。

　　想想不如明朝做。

一首童谣其实就是一个小故事，小故事的背后有我们可以细细品味的道理。用故事讲道理，这是儿童文学的本领。《鹁鸪鸪》会让我们想起诗歌《明日歌》中的前两联："明日复明日，明日何其多。我生待明日，万事成蹉跎。"《明日歌》也是在说理，但没有用故事来说理，其表现形式和儿童文学是不一样的。

再比如童谣《一个小小子》：

　　一个小小子，年纪刚十五，不种庄稼不读书，就出门去学打鼓。打鼓怕使力，便去学做犁。做犁眼眼多，就去学补锅。补锅难得铲，就去学补碗。补碗难钻洞，就去学关公。关公难打仗，就去学放羊。放羊怕爬山，又去学种田。种田怕日晒，去学做买卖。买卖做不来，去学当秀才。秀才难教书，又去学宰猪。宰猪猪不死，啊！生了白胡子。

这首童谣比较长，但讲的内容基本上是一个人一生的经历。童谣的形式十分简洁，但背后却蕴含着深刻的意味。需要说明的是，《一个小小子》采用了传统童谣常用的顶真的修辞手法。

接下来，我们再来看故事。美国儿童文学作家艾诺·洛贝尔（Arnold Lobel）写了一套经典的儿童故事书，其系列名为"青蛙和蟾蜍"，其中有个故事就叫《讲故事》，内容大致如下。

有一天，青蛙生病了，它想听故事，蟾蜍为了想出一个故事，先是在门廊上走了很久，之后又头朝下倒立了好久，然后又将一杯水泼在自己的头上，最后竟然用头撞墙。蟾蜍仍然没有想出故事，但是青蛙已经觉得好多了。此时，蟾蜍觉得很不舒服，青蛙给蟾蜍讲了一个故事（就是它们俩之间刚刚发生的事情），蟾蜍没有听完就睡着了。

就是这样一个单纯的小故事，也是有意味的。如果有人问你，什么样的朋友才是好朋友？你不用多解释，给他讲一讲《讲故事》这个故事就行了。好朋友是什么样的？就是蟾蜍这样的。好朋友应该怎么做？就像蟾蜍这样做。蟾蜍对朋友的执着付出，让我们读后心里一阵感动。蟾蜍这样对待朋友，用东北话讲叫"够哥们儿"。儿童文学作品都很会讲故事，而且意味深远。

3. 好的儿童文学作品寓深于浅

好的儿童文学作品文字清浅，但内容深刻。怎么解读这句话呢？我们先来看看《好脏的哈利》这个绘本。

哈利是一只有黑点的白狗，他不喜欢洗澡。有一天，他听到浴缸放水的声音，马上叼起刷子跑下楼。他去做什么？他跑到院子里，挖了个坑，把刷子埋进了坑里，然后就跑出去玩了。他在外面玩了一圈，从一只有黑点的白狗变成了一只有白点的黑狗。哈利回到家后，家人认不出他来了，他该怎么办？哈利就拼命表演曾经在家人面前表演过的那些绝活儿——向后翻跟头、向前翻跟头、打滚、装死、又唱歌又跳舞。哈利一遍遍地表演这些绝活儿，可是家人还是觉得他不是哈利。哈利垂头丧气地往院子门口走去。突然，他想到自己埋在院子里的刷子。他把刷子找了出来，然后一溜烟地跑到二楼，跳进浴缸里，请求家人给他洗澡。家人知道他想洗澡后，就给他洗了个澡。神奇的事情出现了！他又变成了那只有黑点的白狗，家人也认出他来了。

这个故事写到这里，还没有结束。我在一些场合讲这个故事的时候，曾经问听众，这个故事的结尾应该怎么写？有人说："从此，哈利变成了一只喜欢洗澡的小狗。"我觉得这样的结尾太平庸了，而且没有走进儿童的内心。儿童文学作品常用拟人的手法，《好脏的哈利》这本书，看上去写的是一只小狗，其实是在写一个幼儿。本书的作者十分了不起，因为从本书的结尾中，我们能看到他对幼儿本性和教育本质的洞察。故事的结尾是这样的：

> 回到家里可真好。吃饱以后，哈利在他最喜欢的地方睡着了。他快活地梦见了玩耍时的情景，虽然把身上弄得很脏。他睡得可香了，一点儿都没觉得他偷偷藏在垫子底下的刷子碍事。①

作者洞察了幼儿的心性，知道幼儿贪玩，即便将身上弄得很脏，也一定要玩，他对幼儿的这种生活态度是持肯定态度的。同时，在结尾处，作者又让我们感受到了哈利这只小狗的成长。哈利的成长表现在他不再把刷子埋在院子里，而是把刷子藏在自己睡觉的垫子底下。这是哈利心智进步的表现。哈利曾把刷子埋在院子里，希望永远都不洗澡，但经历了上述事件后，哈利成长了，心智发展了，他知道生活中有些事情不是自己不想做就可以不做的。但是，就洗澡这件事来说，哈利却表现出了他的主体性。他的主体性体现在哪里？哈利内心的想法是："我还是不喜欢洗澡，我把刷子偷偷地藏在垫子底下。我不想洗的时候，你们要想给我洗澡，没门儿。我想洗的时候，我就自己拿刷子洗，我的生活我做主。"这种主体性，是我们希望在孩子身上看到的。这样一个看似简单的故事，其实蕴含着非常深刻的关于儿童成长和儿童教育的思想。

我们再来看一看《我一直一直朝前走》这个绘本。

故事讲述了一个小男孩儿独自去奶奶家。奶奶告诉他，要沿着家前

---

① 蔡恩，格雷厄姆. 好脏的哈利 [M]. 任溶溶，译. 兰州：读者出版社，2019: 28.

面的乡间小路一直走。小男孩儿以为自己是在一直朝前走，但事实上他不断改变着方向。在路上，小男孩儿先是摘野花、野果，之后又过河、爬山丘，还依次被马、小狗和蜜蜂吓跑三次，好不容易才找到了奶奶家。

这样一个故事蕴含着怎样可贵、深刻的思想呢？我们阅读绘本时，要在仔细阅读文字的同时仔细观察图画。绘本里的小男孩儿没有一直一直朝前走，但最后还是走到了奶奶家。试想一下，如果他真的沿着家前面的乡间小路一直一直朝前走，还会不会有那么丰富的经历？绘本最后一页的画面是，桌子上有一个装了大半杯水的水杯，里面插着一朵已经枯萎的花，这朵花显然是小男孩儿送给奶奶的。是谁在杯子里装了水把花养了起来？我觉得是小男孩儿的奶奶，因为她知道这朵花里有孙子对她的爱。小男孩儿还把自己在路上摘的野果送给奶奶，这样的举动让我们感受到了祖孙间浓浓的亲情。

我由此想到了当下的儿童教育。在许多家长和老师眼里，教育已变成了一系列目标。他们希望孩子出生后就一直一直朝前走，先上一所好小学，再上一所好初中，再考上一所好高中，最后考上好大学。他们给孩子设定了"一条道走到底"的成长方式，孩子就有可能失去丰富的童年生活以及人生的多种可能性。

我们经常把人生比作一次旅行，如果人生真是一次旅行的话，你愿意选择跟团游还是自由行呢？我曾去江苏省周庄镇自由行过。我是下午到的，好多旅行团已把周庄镇挤得水泄不通，我都担心自己会被挤得掉到小河里去。到了傍晚，跟团旅行的人走了，自由行的人留了下来，其中也包括我。晚上，拱桥上边升起一轮明月，一位从上海来的艺术家在桥边拉《二泉映月》。我一边听着凄婉的音乐，一边欣赏着天边圆圆的月亮，这种体验是跟团旅行的人不太可能有的。

在《我一直一直朝前走》中，小男孩儿送给奶奶的是一朵将要枯萎的花，奶奶却视若珍宝。其实，奶奶家并不缺花。我们从绘本中可以看到，奶奶家的院子里种满了花，窗台上也摆满了花，但奶奶觉得小男孩儿采的这一朵更珍贵,从中我们体会到了奶奶对小男孩儿的爱。现在很多中小学生和家人交流、培养感情的机会越来越少。为了学习,为了考试,大人将孩子的事情全包了,一家人培育亲情的时间也就变少了。我们的教育从根本上说是为了培养学生健全的人格,而不是为了一纸考卷。像《我一直一直朝前走》这样的儿童文学作品蕴含着深刻的思想,可以给我们许多启发。

三、儿童文学为什么是小学语文教育的主体性资源

我说儿童文学是小学语文教育的主体性资源,不是说我们的小学语文教材、课外教学材料都要用儿童文学作品。小学语文教育资源应包含浅显的古诗文、带有文学表现力的说明文等,所以儿童文学并非小学语文教育资源的全部。那为什么还说儿童文学是小学语文教育的主体性资源呢?因为儿童文学是以儿童为本位的文学,只有真正理解和掌握了儿童文学,我们才能够走进儿童的语言世界和精神世界。如果我们在教授学生时以文学教育的理念为指导,采用与儿童文学相匹配的教学方法,小学语文教育就有了灵魂。

小学语文教育一定要重视文学。我在《小学语文文学教育》一书中提出并阐释了"文学教育"这个理念,进而阐释了开展文学教育的方法。为什么强调文学教育理念?因为文学是语言文字最好的部分。胡适和美国文学理论家乔纳森·卡勒(Jonathan Culler)都表达过类似的观点。胡适说,人们用语言文字表情达意,用文学表达情绪,二者的区别,就是文学是语言文字最好的部分。

乔纳森·卡勒说:"文学是语言结构与功能最为明显地得到突出并显露出来的场所。如果你想了解语言的一些根本性的方面,你就必须思考

文学。"①

　　我解释一下最后这句话。乔纳森·卡勒认为，如果你想要获得语言的根本性的东西，你就必须学好文学。儿童应该学什么样的文学？主要就是学儿童文学，因为儿童文学本来就是语言中最好的部分，同时也是儿童最容易接受、最容易产生共鸣的。儿童文学是最能激活儿童潜在的语言灵性的语言系统。

　　我在前文中提到，古人让孩子们学儒家经典，其实孩子们是不能理解的，为什么？因为那种语言系统和儿童潜在的语言灵性是有隔膜的，二者没有办法对接和沟通。要想发展儿童的语言能力，就必须使用儿童能够与之产生共鸣的、能够激活儿童潜在的语言灵性的语言系统。比如，教一岁左右的孩子说话，我们就应该教他唱这样的童谣："小老鼠，上灯台。偷油吃，下不来。吱吱吱，叫奶奶。奶奶不肯来，叽里咕噜滚下来。""小板凳，四条腿儿，俺给奶奶嗑瓜子儿。奶奶嫌俺脏，俺给奶奶擀面汤。面汤里面加点油，吃得奶奶直点头。"

　　老舍在《儿童剧的语言》一文中说过这样的话：

> 　　儿童剧的语言不容易写好：既要简明易懂，又要用字不多，还要生动活泼，很不好办。
>
> 　　孩子们识字不多，掌握的语汇也不丰富，可是他们会以较少的语汇，来回调动，说出很有趣的话来。孩子们有此本领，儿童剧作者须学会此本领——用不多的词儿，短短的句子，而把事物巧妙地、有趣地述说出来，恰足以使孩子们爱听。

　　我在前文提到的《笑了》和《鹁鸪鸪》都是用不多的词、短短的句

---
① 陶东风. 文学理论：为何与何为[J]. 文艺研究，2010(9): 6.

子，便把事情巧妙有趣地述说出来的生动例子。

关于孩子们能用较少的词语说出很有趣的话来，我举一个例子。1994年，我去参加一个学术会议。我住在一个招待所里，招待所是木板房，并不隔音，我能听到左右两边房间里的人说话的声音。左边房间住的是四五个中年妇女，她们来自同一个单位，一起出来旅行，很兴奋，不停地讲着各种事情。右边房间住的是一位中年妇女和她的儿子。这个男孩儿有点儿发烧，所以他妈妈希望他能够早点儿休息。但左边房间的中年妇女一直在大声说话，男孩儿的妈妈生气了，提出抗议，双方就吵了起来，吵着吵着，男孩儿突然说话了。他说："阿姨，我们家养的小狗，到了半夜都知道不叫了。"男孩儿说完这句话，隔壁鸦雀无声，再没有一个人讲话。这句话不仅生动有趣，而且很有力量。男孩儿说的道理阿姨们听明白了，也听到心里去了，所以不再说话了。

我们来看一看一个小学三年级的男孩儿写的一首名叫《时间》的诗：

上课时，时间是个跛子，走路一瘸一拐的。
下课时，时间变成了短跑选手，"呼——"冲了过去。

这首诗句子很短，没有一个形容词或成语，但是有动词和拟声词。我特别欣赏"呼——"，成年人一般不会把一个拟声词放在诗里来形容时间，而这个孩子做到了，而且这个拟声词让整首诗非常富有表现力。时间过得太快了，像短跑选手跑起来那么快，可不就是"'呼——'冲了过去"吗？我个人认为这样的文学作品是高水准的。儿童文学不论在艺术上还是在思想上，都有属于它自己的独特价值。如果我们在小学语文教育中能善加运用，一定有很好的前景。

总之，如果我们能够用具有灵性的儿童文学激活儿童潜在的语言灵性，并进一步发展这种灵性，我们的小学语文教育就能走上一条宽广的大道。我们要一起为实现这个目标而努力。

问与答

问：您是怎么看待儿童观对儿童文学的影响的？

答：我从三十多年前开始研究儿童文学，那时我就意识到，要想把儿童文学研究明白，就必须先把小孩子研究明白；要想把小孩子研究明白，就必须去评价小孩子。如何评价和看待小孩子？这就是儿童观的内容了。所以，我在1988年给《文艺报》写的一篇文章以及后来给《东北师大学报（哲学社会科学版）》写的一篇论文中，均提出了"儿童观是儿童文学的原点"的观点。"原点"就是原始的出发点。我们对儿童文学的理解水平取决于我们对儿童的认知水平，我们对儿童的认知越清晰、越完整、越深刻，对儿童文学的阐释也就越清晰、越完整、越深刻。

儿童观像一只无形的手，影响着儿童文学的产生和发展。我个人认为，我国古代并没有儿童文学，我国的儿童文学是在清末民初产生的。有些学者说"中国儿童文学古已有之"，其实这种说法是无法成立的。我们从儿童观这个角度出发，就能明白为什么这种说法无法成立。古人信奉的儿童观是所谓的"三纲五常"中的"父为子纲"，意思是说，大人是孩子的统领者，孩子什么事都要听大人的，儿童的独立人格不被承认。除此之外，由于心理学研究十分落后，儿童独特的心理世界没有为大众所了解和认识。在这样的背景下，真正的儿童文学是无法产生的。那我国的儿童文学是怎样产生的呢？在由传统社会向现代社会转型的时期，周作人、鲁迅和叶圣陶等人开始改变旧的儿童观，提出以儿童为本位的儿童观。加上新文化运动后，白话文逐渐代替了文言文，我国的儿童文学由此萌芽。文言文和以成人为本位的儿童观，是阻碍我国儿童文学产生的两大桎梏，在这两大桎梏被打破后，儿童文学才应运而生。如果小学语文教师和家长不能抱持正确的儿童观，小学语文教学、儿童家庭教育就可能会出现很严重的问题。

问：现在有一些人反对在小学阶段开展整本书阅读，您是怎么看待这个问题的？

答：整本书阅读的开展太有必要了。我们的小学语文教育不能被矮化，不能过于简单幼稚。但是，我们的语文教材中超过 2000 字的课文不是很多。我不是说好文章一定得字数多，那种意味隽永且短小精练的文章也很重要。然而，我们让学生阅读，目的是培养他们的心智能力。如果到了高年级，学生阅读的文章依然没有比较复杂的结构，没有情节发展的起承转合，没有丰富的内容，学生就很难提升阅读能力。

我个人认为，如果在小学阶段不开展整本书的阅读，提升学生的语文能力便是纸上谈兵。我没有见过只把语文课本学好、背好了，语文能力就非常强的人，但我知道有没接受过几天小学教育但读了大量书籍，因此语文能力很强的人——事实上，有很多作家就是这样的。所以，在这件事上，我们不应该有犹疑，而要坚定不移地在小学阶段推动整本书的阅读，语文教师尤其要发挥良好的引导和组织作用。

问：您此前提到了"工具论"。用语言来表情达意，语言不就成为工具了吗？

答："工具论"是比较有影响力的一种语言观。但我不太赞成"工具"的说法，我提出的是"建构论"的语言观。我认为，虽然我们借助语言进行沟通交流，但语言不是工具，而是人类心智世界的建构物和创造物。

工具是什么？是达到某个目的的手段。目的达到之后，这个工具就可以不要了。但语言可以不要吗？我们完成交际后，语言就可以消失了吗？显然不可以。实际上，语言有三大功能——传达信息、认识世界和表现心灵，而交际只是传达信息这一功能中的一部分。语言可以帮助我们认识世界。试想一下，如果你脑海中的语言全部消失了，你还能认识这个世界吗？语言还可以表现人的心灵。我在上文中提到的童谣、儿童故事、绘本故事等都是对美好心灵的再现。语言有这么丰富的功能，我们不能把语言仅仅描述为工具。那语言是什么？德国哲学家马丁·海德格尔（Martin Heidegger）说，语言应是存在的家园。既然语言是世间万物存在的家园，那它怎么能是一种工具呢？

我们的小学语文教育一定要摆脱"工具论"，如果不摆脱"工具论"，我们走的就是羊肠小道，我们的语文教育就没有办法走上一条宽广的大道。

问：课堂教学时间是有限的，在教授一年级的小朋友时，是让他们自己读故事比较好，还是老师把故事读给他们听比较好？

答：这两种方式可以结合起来。学生自己读故事的好处是他们可以根据自己的阅读节奏认识、体会、记忆字词。老师给学生读故事的好处是学生可以从"识字"的状态中解放出来，全身心地投入老师讲述的故事中。这种方式可以让学生充分发挥他们的想象力，学生也更容易把精力投注到对故事的感受和鉴赏上去，但前提是老师选择的故事是适合讲述的。因此，这两种方式都是有必要的。

有一种特殊的情形值得一提。教授小学低年级学生时，我们可以给他们读绘本故事（当然，也可以给小学中高年级的学生读绘本故事）。为什么我要强调这一点？"日本图画书之父"松居直曾说过，绘本不是给孩子自己看的书，而是大人读给孩子听的书。他为什么这么说呢？因为绘本是由文字和绘画这两种媒介构成的，读者阅读绘本时必须将两种媒介所传递出来的信息同时组合在一起，才能建构新故事。而低年级学生没办法既看文字又看绘画，想要让他们同时接收文字和绘画传递出来的信息，我们就要采取"老师读给学生听"的方式。老师读文字时，学生边听故事边看绘本上的图画，便能将文字里的信息和图画中的信息组合在一起，建构新故事。

其他类型的故事，比如语文教材和课外拓展阅读书目中的故事等，老师可以根据文本的具体情况，或者让学生自己读，或者读给学生听，或者两者相结合。不同的阅读方式有不同的功能，我们都要加以重视并视情况采用。

问：您是否赞成让学前期的孩子学习《三字经》？

答：我个人不赞成学前期的孩子学习《三字经》，因为他们很难读懂《三字经》里的深奥哲理。让学前期的儿童读他们无法理解的东西，不仅会浪费他们的时间，还会破坏他们的学习兴趣。如果让儿童觉得学习是无趣的，那么教育便是失败的。让学前期的儿童读《三字经》，我觉得是违反教育规律的。有那么多好的童谣，为什么不让他们读呢？我们应该让学前期的儿童多接触童谣，因为童谣易记易唱，儿童特别容易感受和学习。这其实涉及我们今天应该如何评价传统文学，以及在评价的基础上如何运用传统文学的问题。我希望大家都来思考这些问题。刘晓东教授在他的《蒙蔽与拯救：评儿童读经》一书中对儿童读经有专门的论述，我觉得很有启发性，感兴趣的老师可以找来读一读。

第二章　童谣的艺术特点与阅读教学

一、童谣释义

《毛诗故训传》有言："曲合乐曰歌，徒歌曰谣。"所谓"合乐"，就是有乐器伴奏。整句话的意思是，人唱歌时凡有乐器伴奏的就叫"歌"，没有乐器伴奏的就叫"谣"。其实，古代就有童谣这个概念，但古代的童谣和我们今天的童谣内涵是不一样的。在古代，人们并不把童谣看作儿童文学，因为古人根本就没有儿童文学这样一个概念。在古代，特别是明代以前，人们把童谣看作什么呢？《东周列国志》里曾介绍过太史伯阳父说的话：

> 凡街市无根之语，谓之谣言。上天儆戒人君，命荧惑星化为小儿，造作谣言，使群儿习之，谓之童谣。小则寓一人之吉凶，大则系国家之兴败。

也就是说，古人认为童谣是天上的荧惑星假借孩子之口唱出的歌谣，蕴含人的吉凶或国家的兴败，所以那时的童谣具有政治性。

汉代有一首童谣是这样唱的："千里草，何青青。十日卜，不得生。"这首童谣其实是讲董卓的。它将"董卓"两个字暗藏其中，"千里草"为"董"字，"十日卜"为"卓"字。董卓篡权，所以"不得生"。这首童谣表达了老百姓对董卓的谴责。

古人大多不重视童谣。明代学者吕得胜对童谣持轻蔑态度，他认为"学焉而与童子无补，余每笑之"。其子吕坤也是一位学者，吕坤的观点和他父亲是一样的，他说："小儿皆有语，语皆成章，然无谓。""无谓"

的意思是没有什么内涵、用处。周作人曾在《吕坤的〈演小儿语〉》这篇文章中对这些观点加以批判："他们看不起儿童的歌谣,只因为'固无害'而'无谓',——没有用处,这实在是绊倒许多古今人的一个石头。"而且他对吕坤《演小儿语》中篡改儿歌的做法也是持批评态度的,他认为把好好的歌谣改成箴言,很是可惜。周作人在《儿歌之研究》一文中对古人对待儿歌的态度做了总结:"盖中国视童谣,不以为孺子之歌,而以为鬼神冯托,如乩卜之言,其来远矣。"他还说:"儿歌之用,亦无非应儿童身心发达之度,以满足其喜音多语之性而已。"这是现代人对童谣的态度,周作人已经具有了儿童文学的意识。

我们知道,诗歌是最早出现的文学样式之一。童谣是每个人最早接触的文学样式之一。我们在童年时唱诵童谣,会感到身心愉悦;年纪大了之后,甚至到了晚年时,听到童谣也会心生愉悦,还会带着怀念的心情回忆自己的童年。所以,一首好的童谣,五岁的孩子喜欢唱,五十岁的大人可能也喜欢唱。对此,我是深有体会的。我已经六十多岁了,但唱起童谣来依然觉得满心欢喜。在做讲座或讲课的过程中,只要我一唱起童谣,不论多大年龄的人都会感到愉悦。我讲完课以后,大家甚至会围着我说:"朱老师,那个童谣您再唱一遍!我要把它录下来!"

在我看来,童谣特别适合小学一、二年级的学生学习。为什么?因为童谣比其他类型的作品更加具体和简朴。文学理论家诺思洛普·弗莱(Northrop Frye)在《神力的语言:"圣经与文学"研究续编》中说,诗歌具有原始属性,而散文则是在相当先进的文明中才发展起来的。一、二年级的学生感性能力很强,而理性分析能力偏弱,因此更为具体和简朴的童谣,更容易为孩子们所接受。诺思洛普·弗莱很敏锐地注意到了这一点,他说童谣与原始性的亲缘关系在儿童教育中留下缩影。明代哲学家王阳明说:"故凡诱之歌诗者,非但发其志意而已,亦所以泄其跳号呼啸于咏歌,宣其幽抑结滞于音节也。"他关注到了包括童谣在内的诗歌不仅有内涵,唱诵的形式本身也有利于儿童情感的宣泄和疏导。所以,童谣对小学语文教育来说十分重要。

二、童谣的分类

　　周作人曾把童谣按照传统观念分为"母歌"和"儿戏"。所谓"母歌",是指大人唱给孩子听的歌谣,特别是指摇篮曲。所谓"儿戏",往往是指孩子以游戏的形式来传唱的歌谣。我将分别从创作者和形式这两个角度对童谣加以划分。从创作者的角度出发,童谣可以分为传统童谣和创作童谣。传统童谣既属于民间文学,又属于儿童文学。创作童谣又被称为新儿歌或新童谣。

　　作为民间文学,传统童谣具有变异性。为什么?因为创作者不是一个人。传统童谣在民间口口相传,同样一首童谣,传着传着就变了样。比如大家熟知的《小老鼠,上灯台》,有一种唱法是"小老鼠,上灯台。偷油吃,下不来。吱吱吱,叫奶奶。奶奶不肯来,叽里咕噜滚下来。"还有一种唱法是"小老鼠,上灯台。偷油吃,下不来。急得两眼直呆呆。"而创作童谣的作者是确定的,创作童谣的作者享有著作权,别人是不能抄袭或剽窃其作品的。

　　在周作人看来,相较于创作童谣,传统童谣的艺术水准更高。我个人赞同他的看法。儿童文学作家周锐认为,儿童文学是由高向低"攀登"的艺术。这是儿童文学一个非常重要的特征。攀登本来是由低向高的,那么,儿童文学这种艺术形式为什么是由高向低"攀登"呢?"由高向低"指的是读者的年龄,也就是说,给十五六岁的少年创作少年小说(如成长小说),比给三五岁的孩子创作童谣更容易。另外,创作童谣的好作品之所以没有传统童谣多,原因还在于后者在传唱过程中不断被修改,融合了很多人的智慧。经过时间的淘洗,传统童谣中的精华部分被保留下来了,糟粕被摒弃了，所以流传至今的传统童谣整体上质量很高。

当然，创作童谣中也有精品。比如薛卫民的《蹭鼻头》："小猫小狗，不会握手，见到朋友，蹭蹭鼻头。"简短的十几个字，就把小猫小狗渴求朋友、喜欢朋友、愿意交朋友的内心情感精彩地表现出来了。再比如冯幽君的《老鼠打电话》："小老鼠，尾巴翘。打电话，不拨号。拿起电话吱吱叫，你说可笑不可笑？"这首童谣对小老鼠的性格和神态描摹得非常到位。

从形式的角度出发，童谣可以分为摇篮曲、游戏歌、数数歌、绕口令、连锁调、问答调、谜语歌、颠倒歌、时序歌、字头歌等。不论是在传统童谣中还是在创作童谣中，我们都可以找到这十种形式的作品。

三、童谣的价值

我将从以下几个方面介绍童谣的价值。

1. 记载和保存民俗

中华民族的文化传统不仅藏在古诗文中，还藏在传统童谣中。比如，《二十三》表现的是北方人过年时候的情景：

二十三，糖瓜粘。二十四，扫房日。
二十五，做豆腐。二十六，去割肉。
二十七，去宰鸡。二十八，把面发。
二十九，满香斗。三十黑夜坐一宿，大年初一出来扭一扭。

读这样的传统童谣，作为北方人的我就会回想起自己的童年——家家户户从腊月二十三过小年就开始为新年做准备。春节是孩子们一年中最快乐的时光。这首童谣其实记载着一个民族的文化历史。

《新年来到》也是写春节的：

> 新年来到，人人欢笑。
> 姑娘要花儿，小子要炮。
> 老太太要块大年糕，老头儿要顶新毡帽。

童谣是历史和文化的载体。这首童谣反映出人们在新年到来时对美好生活的期盼，以及内心的那种快乐和幸福。

2. 传递正确的道德观与价值观

虽然有个别传统童谣传达的是极其扭曲的道德观和价值观，但绝大多数童谣还是传达了非常健康的、正面的道德观和价值观。比如之前提及的《馒头花》："馒头花，开三朵，俺娘从小疼着我。怀里抱，被里裹，大红枕头支着我。俺娘得病俺心焦，摘下金镯去买药。人人都说可惜了，俺娘好了值多少？"这首童谣传达出了"重亲情而轻钱财"的价值观。再比如《小板凳》："小板凳，四条腿儿，俺给奶奶嗑瓜子儿。奶奶嫌俺脏，俺给奶奶擀面汤。面汤里面加点油，吃得奶奶直点头。"这首童谣体现出了尊老、爱老的道德观。这样的童谣，对今天的孩子仍然有重要的价值。再比如《张打铁》："张打铁，李打铁，打把剪刀送姐姐。姐姐留我歇一歇，我要回家学打铁。"这体现了对劳动创造价值的认同，弘扬了正确的价值观。

四、童谣的特质

童谣作为一种特殊的诗歌,具有三个非常鲜明的特质,分别是趣味性、浅易性和音乐性。

1. 趣味性

童谣是人类感受到生命的和谐和愉悦时所发出的心声。儿童吟唱童谣,主要是为了从中获得快乐。因此,趣味性必然成为童谣的重要特质。这一点也和童谣的吟唱者,同时也是童谣的读者("唱"是另一种"读")的精神世界的特点有关系。教育要以兴趣为本,这是教育理论中的一项重要原则。从语言学习的需要来看,趣味性也很重要。瑞士心理学家让·皮亚杰(Jean Piaget)认为,认知学习的第一个环节就是唤起求知的兴趣。

童谣的趣味性主要表现在两个方面。

(1)表现内容的趣味性

我们一起来看几首有趣的童谣。

> 大头大头,下雨不愁。
> 人家有伞,我有大头。

这首童谣词句俏皮,内容幽默有趣。

> 一个毽儿,踢两半儿,打花鼓,绕花线。
> 里踢外拐,八仙过海,九十九,一百。

这首游戏歌给儿童游戏增添了乐趣。

> 倒骑马，倒唱歌。先生我，后生哥。
> 生我阿公我炆粥，娶我阿婆我打锣。
> 生我爸，我在门口赶鸡鸭。
> 生我娘，我到街上买红糖。

这首颠倒歌把生活中的事物反过来唱，带有一种机智和幽默。

> 弟兄七八个，围着柱子过，老来分了家，衣服都扯破。

这首谜语歌可以给孩子带来猜谜的乐趣。

> 闲着没事上家西，碰见两个蝈蝈吹牛皮。大蝈蝈说："我在南山吃了只鸟。"二蝈蝈说："我在北山吃了只鸡。"大蝈蝈说："我在东山吃了只狗。"二蝈蝈说："我在西山吃了只驴。"大蝈蝈说："我在关外吃了个虎。"二蝈蝈说："我在东海吃了鲸鱼。"它俩吹得正起劲，打南边来了只大公鸡。它俩一见生了气，伸伸腿，捋捋须，一齐奔向大公鸡。想吃公鸡没吃成，嘚儿一声喂了鸡。你猜为啥吃它俩，谁叫它俩吹牛皮！

这首童谣通过十分生动的形式告诉孩子们不能吹牛皮。

（2）语言形式的趣味性

童谣有很多种形式，很多形式都能体现童谣的趣味性。比如，绕口令很拗口，不容易念。"扁担长，板凳宽，板凳没有扁担长，扁担没有板凳宽。"儿童喜欢在绕口令中"自找麻烦"，因为从中可以找到语言内在的趣味性。再比如《小小子儿》：

> 小小子儿，坐门墩儿，哭哭咧咧要媳妇儿……

这首童谣里的儿化韵能给天生具有音乐感的儿童以心理上的愉悦。

2. 浅易性

童谣的第二个特质是它具有浅易性。传统童谣和创作童谣都是口头文学，都是供儿童唱诵的，而不是供儿童阅读（用眼睛读，不出声）的。这就要求童谣的内容必须浅显，符合儿童的生活经验及思想情感。

比如童谣《小白鸡》：

> 小白鸡，钻篱笆，过来过去咯咯嗒。
> 小白鸡，屙白蛋，嘟啦嘟啦一小罐。

这首童谣写的家禽小白鸡，儿童非常熟悉。这首童谣的语言，儿童也非常容易理解。

童谣的浅易性还表现在它的主题往往明确而单一。一首童谣一般只表达一个意思，而不会表达多重意思。小说可以蕴含多层意思，童谣则不行。想要让儿童抓住中心，童谣的主题就必须明确而单一。比如薛卫民创作的童谣《小猴滚楼梯》：

> 猴，猴，上高楼。一落脚，踩着球，叽里咕噜滚下楼！
> 小猴爬起嘻嘻笑，嘻嘻，嘻嘻，我是练练翻跟头。①

---

① 薛卫民. 会走路的花朵 [M]. 武汉：长江少年儿童出版社，2021：26.

这首童谣抓住了小猴的动作、神态特征，给人留下了深刻的印象。而且这首童谣只表达了一个主题，十分易于儿童理解。

童谣的浅易性还表现在易唱易记上。童谣一般篇幅短小，而且节奏感强，易于传唱。即使一些篇幅比较长的童谣，也不用刻意去背，唱两遍几乎就能背下来。为什么会这样呢？因为篇幅较长的童谣常常会采用顶真修辞。顶真的主要表现之一，就是上一句话的最后一个词语和下一句话的第一个词语相同。《一个小小子》就是用了顶真的修辞手法，所以儿童容易唱诵、记忆。

还有一些童谣会重复使用相同的语法结构，或者把词性相同、词义相近的词语组合在一起，使童谣变得好唱好记。比如《什么尖尖尖上天》："什么尖尖尖上天？什么尖尖在水边？什么尖尖街上卖？什么尖尖姑娘前？宝塔尖尖尖上天，菱角尖尖在水边，粽子尖尖街上卖，花针尖尖姑娘前。"前文提问，后文作答，二者有非常清晰的关联性。这首童谣规律鲜明，不仅容易记忆，且容易让儿童猜到答案，还可以进行拓展。比如，"什么尖尖在水边"的答案是"菱角尖尖在水边"。再问"什么圆圆在水边"，儿童就容易想到"荷叶圆圆在水边"。"什么尖尖街上卖"的答案是"粽子尖尖街上卖"。那"什么圆圆街上卖"的答案就可以是"烧饼圆圆街上卖"。

3. 音乐性

音乐性是童谣的生命。如果没有音乐性，童谣就会枯燥无味。

童谣的音乐性表现在其语言所具有的优美节奏上。另外，童谣与童诗不同，童诗的语言是不匀齐的，而童谣的语言则是匀齐的，不仅四言童谣、五言童谣、七言童谣的语言是匀齐的，就连混搭交错形式的童谣语言也是匀齐的。

我们列举一些例子来说明。先看四言童谣，比如《满天星星》："满天星星，眨眨眼睛，那颗最亮，照着北京。"我们往往会按照五言童谣的朗读节奏去朗读四言童谣，那这首《满天星星》该怎么读呢？"满天星——星，眨眨眼——睛，那颗最——亮，照着北——京。"也就是把第三个字的读音拉长，就像在读两个字一样，这样读起来朗朗上口。大家熟知的数数歌《一二三四五》是比较典型的五言童谣："一二三四五，上山打老虎。老虎打不到，打到小松鼠。松鼠有几个？让我数一数。数去又数来，一二三四五。"薛卫民的创作童谣《小猫养鱼》是比较典型的七言童谣："鱼儿小，吃不饱，不如养大再吃好。放进盆里怕鸡叼，放入河中怕它跑。想出一个新办法：放进肚子最牢靠！啊呜一口吞下了，刚刚养了一清早。"①

童谣中经常出现混搭交错的形式，也就是所谓的"三三五""三三七""四四七"。"一二三，爬上山。四五六，翻筋斗。七八九，拍皮球。伸出两只手，十个手指头。"这首童谣就是"三三五"的形式。"三三五"是最常见的一种形式，"三三七"也是，"四四七"则很少见。

为了体现童谣的音乐性，我们在读童谣时，有时需要慢读，有时需要快读。前文所述的将四言读成五言，就是慢读。而当童谣的字数比较多时，我们需要用读一个字的时间读两个字，也就是快读。比如，樊家信有一首创作童谣《孙悟空打妖怪》：

  唐僧骑马咚那个咚，后边跟着个孙悟空。
  孙悟空，跑得快，后面跟着个猪八戒。
  猪八戒，鼻子长，后面跟着个沙和尚。
  …………②

---

① 薛卫民. 儿歌[M]. 长春：吉林出版集团有限责任公司，2015: 27.
② 樊家信，马鹏浩. 孙悟空打妖怪[M]. 北京：中国少年儿童出版社，2018: 3-7.

这里面有几句是八字句，要想把八字句念得有音乐性，就要快读其中某两个字。比如，快读"后面跟着个猪八戒"里的"着"和"个"，便能获得节奏鲜明、朗朗上口的效果。

五、童谣的修辞和表现手法

顶真是童谣经常使用的修辞手法，比兴、白描是童谣经常使用的表现手法。

1. 顶真

顶真是指用前文结尾的词语或句子做下文的开头。我国的童谣中，有同时使用顶真和谐音的情况，也有用谐音词作为连接上下句的桥梁的情况。比如《七岁小孩穿花鞋》："七岁小孩穿花鞋，扭搭扭搭来上学，老师嫌我年纪小，我给老师跳舞蹈。倒——倒——倒不了，了——了——了不起，起——起——起不来，来——来——来上学，学——学——学文化，画——画——画图画。"这首童谣采用了顶真的修辞手法，其中两处还使用了谐音："舞蹈"的"蹈"和"倒不了"的"倒"、"学文化"的"化"和"画图画"的"画"。使用谐音词的童谣也有很多，比如："下雨下雪，冻死老鳖。老鳖告状，告给和尚。和尚念经，念给先生。先生算卦，算给娃娃。娃娃推车，推给他爹。一步一跌，一步一跌。"小孩儿走路不稳，所以"一步一跌"，而"跌跤"的"跌"也可以是"爹爹"的"爹"，表示小孩儿走一步叫一声"爹"，"跌"和"爹"谐音。

2. 比兴

朱熹对比兴有较为明确的解释："比者，以彼物比此物也。""兴者，先言他物以引起所咏之词也。""以彼物比此物"的意思是用那个物来比这个物，即比喻。比喻非常常见，不用多说。"兴"又可以称为"起兴"，即在说一件事之前，先说别的事。"兴"在歌谣里用得很多，童谣也是歌谣的一种，所以童谣也会经常采用"兴"这种表现手法。我们来看童谣《小白菜》：

小白菜，地里黄，三岁四岁死了娘。跟着爹爹还好过，就怕爹爹娶后娘。娶了后娘生弟弟，弟弟吃面我喝汤。端起碗来泪汪汪，拿起筷子想亲娘。后娘问我为啥哭，我说碗底烫得心发慌。

这首童谣讲的是一个没有亲娘的孩子悲惨的生活，而一开始写的是小白菜，没有直接说孩子没有亲娘的事。比如《小板凳》："小板凳，四条腿儿，俺给奶奶嗑瓜子儿……"再比如《馒头花》："馒头花，开三朵，俺娘从小疼着我……""小白菜""小板凳""馒头花"都是起兴之物，用以引起所咏之词。我个人觉得，这种"兴"不是平白无故、没有任何缘由的。"小白菜，地里黄"表面上说的是小白菜，其实也是在说一个没有亲娘照顾的孩子生活十分悲惨。

3. 白描

童谣采用白描手法的情况比较多。作为一种表现手法，白描是指用最简练的笔墨不加烘托渲染地勾勒出鲜明生动的形象。比如：

一只哈巴狗，蹲在大门口。

眼睛黑黝黝，想吃肉骨头。

没有什么渲染烘托，一只小狗的心理和神态就这样活灵活现地呈现出来了。再比如《小板凳》里的"俺给奶奶擀面汤。面汤里面加点油，吃得奶奶直点头。"奶奶对面汤是否满意呢？一个"直点头"让我们一下子就感受到了奶奶对面汤的满意。童谣中的白描有着珍贵的文学价值，和成人文学中的白描不分伯仲。

童谣中的白描手法，使我想到了鲁迅的作品。鲁迅是白描高手。比如，祥林嫂经历人生多重打击后心如死灰，毫无活力和生机，鲁迅是怎么写的？"只有那眼珠间或一轮，还可以表示她是一个活物。""眼珠间或一轮"采用的就是白描手法。童谣里的白描，其精彩程度不亚于成人文学中的那些精彩表现。

六、童谣的十种形式

童谣有很多大家喜闻乐见的形式，我在这里介绍十种常见的形式。

摇篮曲。摇篮曲是以母亲的口吻唱给婴儿听、哄婴儿睡觉的童谣。很多摇篮曲是母亲的即兴传唱。有一些内容相似的摇篮曲，用词并不完全相同，有一些变异。比如，"杨树叶哗啦啦，小孩睡觉找妈妈。搂搂抱抱快睡吧，麻猴子来了我打他。""高粱叶哗啦啦，小孩睡觉找他妈。搂搂抱抱快睡吧，老虎来了我打他。"

游戏歌。孩子在玩有些游戏时会一边玩一边唱童谣，这样的童谣叫游戏歌。比如，我小的时候经常在马路边看到女孩子一边跳皮筋一边唱："小皮球，香蕉梨，马莲开花二十一。二五六，二五七，二八二九三十一。"

数数歌。幼儿不易理解和掌握抽象的数字，数数歌巧妙地把数字与故事情节联系起来,押韵顺口,让幼儿一方面享受到吟唱童谣的快乐,一方面掌握关于数字的知识。比如"一二三四五,上山打老虎……"

绕口令。绕口令的作者通过精巧的构思,把双声或叠韵词语巧妙地安排在一首童谣里。这些词语读音相近,念诵时极容易出差错,而这正是绕口令的有趣之处。比如"扁担长,板凳宽,板凳没有扁担长,扁担没有板凳宽"。

连锁调。连锁调也叫连珠体童谣,大都采用顶真的修辞手法。

问答调。问答调也叫盘歌或对歌,它通过设问作答的形式,引导儿童认识事物或道理。问答调是儿童集体游戏时经常采用的一种童谣形式。比如:"谁会飞?鸟会飞。鸟儿怎样飞?张开翅膀满天飞。谁会游?鱼会游。鱼儿怎样游?摇摇尾巴点点头……"

谜语歌。我觉得谜语歌有点儿特殊,对一、二年级的学生来说,有些谜语歌可能有一定的难度。比如"小小诸葛亮,独坐中军帐,摆下八卦阵,要捉飞来将",恐怕很多学生无法理解。谜语歌里还有字谜,比如"一家十口人,只有草盖身,它在旧社会,常常伴穷人",这个字是什么字?是"苦"字。年龄大一些的学生更容易理解,所以我们可以尝试将谜语歌放到小学三、四年级讲,学生可能更容易猜出答案。

颠倒歌。颠倒歌所表现的往往都是现实中的事物的反面,具有诙谐、滑稽、幽默的意味。颠倒歌又被称为滑稽歌或古怪歌。比如:"吃牛奶,喝面包,拎着火车上皮包。上了皮包自己走,看见后面人咬狗……"

时序歌。时序歌是按季节顺序来表现自然景物的变化或人们的生产、生活活动的童谣。比如:"一月菠菜才发青,二月栽的羊角葱,三月芹菜出了土,四月韭菜嫩青青……"

字头歌。字头歌是一种比较古老的童谣形式,其主要的特点是押韵。字头歌有两种押韵方式,一种是以"子"或"头"押韵,一种是采用儿化韵。比如"天上有日头,地下有石头,嘴里有舌头,瓶口有塞头"。还有"小小子儿开铺儿,开开铺儿两扇门儿,小桌子儿小椅子儿,乌木筷子儿小碟儿"。

七、童谣的阅读教学

我个人认为童谣的阅读教学有一定的难度。讲散文、讲小说时用到的各种分析方法和评论方法可能并不适用于讲童谣。作为一种唱诵诗歌，童谣本身具有浅易性的特点，所以进行童谣的阅读教学时，教师要少教、少分析，让学生多唱诵。

另外，选文也是童谣阅读教学的一部分，选得好，阅读教学就成功了一大半；选得好，孩子们的感受就会好。

我尝试归纳了几种童谣的阅读教学方法，具体如下。

1. 唱诵教学法

我在这里没有用"朗读"这个词，而是用了"唱诵"。朗读和唱诵有什么区别？我个人认为，童谣是需要儿童大声唱诵的，而且要唱得具有音乐感，而朗读需要朗读者投入自己的情感，需要朗读者动情。童谣的唱诵者在唱诵时会表现出愉悦的情绪，而并没有动情。

为了让学生把童谣唱得悦耳动听、趣味盎然，老师需要了解童谣的音乐性。我们对童谣的这一特点有足够的了解，才能引导学生把童谣唱得活泼明快。

2. 比较教学法

我们可以带领学生比较不同的童谣，引导学生提炼童谣中的语言规律。比如，我们可以同时呈现几首连锁调或几首绕口令，学生在唱诵的过程中就能感受到几首连锁调或绕口令之间的相似之处以及差别。我们可以引导学生将这些相似之处和差别提炼出来，这样，学生就会掌握童谣的写作手法。使用比较教学法有助于老师引导学生发现童谣中的语言规律，但这需要学生具备丰富的阅读经验及一定的分析能力，因此，在小学中年级开始使用比较教学法，效果可能会更好一些。

3. 游戏教学法

教授游戏歌时，我们可以使用游戏教学法，让学生边做游戏边学习。比如《公鸡头，母鸡头》："公鸡头，母鸡头，黄豆黄豆在哪头？在这头，在那头，请你猜猜在哪头？"教授这首游戏歌时，我们可以采用什么样的游戏呢？我们可以这样安排：两个学生为一组，第一个学生先把两只手伸到另一个学生面前，然后将一颗黄豆放在手里，随后一边唱"公鸡头，母鸡头，黄豆黄豆在哪头"，一边把两只手放到背后，将黄豆握在任意一只手里。唱完后，将双手握成拳头，伸到对方面前，让对方猜测黄豆在哪只手里。对方接着唱"在这头，在那头"，一边唱一边来回指，唱完时要确定黄豆在哪只手里。紧接着，第一个学生松开手揭晓答案。如果对方猜对了，双方交换游戏身份；如果对方猜错了，游戏重新开始。

4. 提问教学法

提问教学法是语文阅读教学的发动机，非常重要。即使面对小学低年级的学生，老师也可以适当地采用提问教学法。比如薛卫民创作的童谣《小猫养鱼》："鱼儿小，吃不饱，不如养大再吃好。放进盆里怕鸡叨，放入河中怕它跑。想出一个新办法：放进肚子最牢靠！啊呜一口吞下了，刚刚养了一清早。"

针对这首童谣，老师可以提两个问题："小猫这种养鱼的做法值不值得我们学习？""这首童谣是不是在夸这只小猫真有办法？"学生的答案可能会不一样，但不管他们得出什么样的答案，他们都已经思考、感受了，而思考、感受的过程，就是建构阅读意义的过程。

5. 选择教学法

使用选择教学法时，我们可以从童谣的思想内容入手。我以《馒头花》为例来说明。"馒头花，开三朵，俺娘从小疼着我。怀里抱，被里裹，大红枕头支着我。俺娘得病俺心焦，摘下金镯去买药。人人都说可惜了，俺娘好了值多少？"老师带领学生唱诵这首童谣时，可以问学生"俺娘好了值多少"这句话是什么意思，然后给出两个选项让学生选择。学生同意哪个选项的说法，就选择哪个选项。当然，学生若两个选项都不同意，还可以发表自己的看法。针对《馒头花》的问题，第一个选项可以是"娘的病好了，就不用再花钱看病了，所以金镯花得值"。第二个选项可以是"娘的健康比什么都珍贵，所以金镯花得值"。我个人会选择第二个选项。

使用选择教学法时，我们还可以从童谣的艺术形式入手。我们以颠倒歌为例来说明。我们可以给学生提供两个有关颠倒歌的说法，让学生判断对错，对的打钩，错的打叉。例如："颠倒歌就是一点儿知识都没有的人在那里乱唱，其实都唱错了。""一个聪明的人明明知道这样唱不对，但偏要这样唱，让人觉得好有趣。"我个人会给第一个说法打叉，给第二个说法打钩。如果学生有其他想法，可以说出来，然后大家一起讨论。

我们需要不断尝试和实践，总结出适合自己的童谣阅读教学方法。

问与答

问：有些老师觉得童谣可能更加适合幼儿园的孩子或者小学一、二年级的学生，您是否赞同呢？

答：这个问题提得很好！学生在幼年就大量接触童谣，但这并不意味着童谣只属于学龄前的儿童。我在前文已经介绍了童谣的思想价值、艺术价值、修辞手法等，可以说，童谣是语文教育的珍贵资源，教师应把这些资源拿到小学语文课堂上，让学生好好地学。我个人认为，现在的小学语文教材在童谣的选文方面做得不够，对民间童谣（就是我们所说的传统童谣）有一些忽视。

我主张小学语文教材收录童谣，也主张主要把童谣放在小学低年级的教学中。但是，这不等于说到了小学中、高年级，学生就不可以再学童谣了。

我听过周益民老师给三年级的学生上的一节童谣课。他讲绕口令时，先呈现一组绕口令，然后引导学生把绕口令的写法精彩地提炼出来。他还讲了颠倒歌，也教得很精彩。如果老师在教学中更侧重语言的形式，那么有些童谣就适合小学三、四年级的学生学习。

我再以谜语歌为例进行说明。有些谜语歌十分浅显，比如"左一片，右一片，到老不相见。（打一器官）"，学生能猜到谜底是耳朵。这种谜语歌放在小学一、二年级没有问题。而有些童谣比较复杂（比如《小小诸葛亮》），放在小学三、四年级比较合适。还有些谜语歌，只有少数学生猜得出来，比如"一物真稀奇，人人不能离，不洗还能吃，洗了吃不得。（打一物）"，这种谜语歌可以放在高年级。综上所述，我们需要具体问题具体分析，具体作品具体对待；但反映普遍的、规律性的东西的童谣，可以放在低年级教。

问：关于您对童谣的阅读教学方法的阐述，我的理解是教师主要应从节奏、内容、语言形式三个方面开展童谣的阅读教学。小学低年级重视节奏，通过唱诵的方式让学生感受趣味；中年级可以适当强调内容，加入有难度的谜语歌和其他能传递正确价值观的童谣；高年级就可以着重分析语言形式了。请问这样的理解是否准确？

答：这样的理解非常准确，我非常赞同。小学低年级的学生，特别是一年级的学生，应以唱诵为主，努力感受童谣的节奏、韵律和趣味即可。当然，老师们可以像我前文中所述，给学生提两个问题。年级越高，我们越应该重视语言的形式分析，可以把提炼分析语言的表现形式、思想内涵等教学活动加入阅读教学中。

问：传统童谣经久耐唱，非常有生命力和生活气息，但和现在的儿童距离较远，应如何处理经典的传统童谣，尤其是那些与城市儿童的生活关联度不太高的传统童谣和现代儿童的关系？

答：这个问题有一定深度。传统童谣十分珍贵，它是对我们民族传统文化习俗的记录。但随着时代的变迁，有些传统童谣表现的内容孩子们不太容易理解，因为他们感受不到，也不了解。现在很少有孩子能回答"什么尖尖姑娘前"这个问题。为什么？因为时代变了。我这个年龄的人还能猜到是绣花针，因为过去女孩子要会做女红，所以绣花针是经常摆在她们面前的。而今天的孩子就不太熟悉女红了。当然，教师在教授这类童谣的过程中，也可以帮助孩子们学习历史，了解过去的生活，了解传统习俗。

传统童谣不应该失传。我希望大家将传统童谣传承下去，让我们的历史文化更有接续性。当然，一方面，我们要继承传统童谣；另一方面，我们还要发展创作童谣。我在前文中提到的薛卫民、冯幽君和樊家信都是优秀的童谣诗人，他们往往会在自己的作品中表现现代生活。这种表现孩子们熟悉的现代生活的创作童谣，也具有非常珍贵的价值，这一点不容忽视。传统童谣和创作童谣，我们要同样珍视。我相信孩子们在读这两种童谣时，都会获得乐趣。

第三章 童诗的艺术特点与阅读教学

第三章的主题是童诗的艺术特点与阅读教学。

我们需要将本章的内容和上一章的内容联系起来，进行对比思考和理解。童诗和童谣一样，也属于韵语儿童文学，二者的区别是不少童诗并不押韵，节奏感也不强，更像散文。但作为诗歌，童诗还是具有很强的诗味的。

一、童诗的艺术特点

我将通过对比分析童诗与童谣的区别，更清晰、更明确地揭示童诗的艺术特质，同时这种对比分析也会凸显我之前讲过的童谣的一些艺术特质。

1. 童诗的"独白"

童诗是自由诗的一种。虽然有些童诗依然讲究节奏，有韵律，会押韵，但不适合高声地唱，而适合朗读。比如金波的《流萤》中的一节："晚云烧得紫了，慢慢融进苍茫的暮色中；耀眼的小花隐去了，山只留下它高高的身影。"这首诗有一种沉静的内在韵律。与童谣相比，童诗的音乐性明显减弱。

从文学语言的发展过程来看，童诗属于自由诗，是从歌谣向散文过渡的一种中间形态。在这个过程中，韵律性在弱化，但是思维性和意义性在增强。我据此提出了儿童文学分级阅读的五项规律，其中一项就是"先韵文，后散文"。对年幼的孩子来说，韵文比不押韵的语言更容易理解。

我认为童诗具有独白性，其实是受到了苏联心理学家维果茨基的影响和启发。所谓独白，就是诗人在表述自己的思想时，更倾向于采用自言自语的方式，向自己的内心诉说，而不是像童谣一样，直接和读者交流。维果茨基说："在言语中，还有其他重要的功能区别，其中一个区别是对话和独白之间的区别。书面言语和内部言语代表独白；而在大多数情形中，口头言语则代表对话。"① 如果说童谣是口头言语，童诗是书面言语，那么借用维果茨基的观点，我们可以说童谣这种口头言语代表对话，而童诗这种书面言语则代表独白。

为了让大家理解上述观点，我以河南民间童谣《公鸡叫》为例进行说明。

> 公鸡叫，翅膀扇，
> 公公犁地婆婆耙，
> 女婿后边把种下，
> 小媳妇后边砸坷垃。
> 过路人，别笑话，
> 我们是家好人家。

这首童谣中直接就有对话的内容："过路人，别笑话，我们是家好人家。"更为重要的是，这首童谣的创作者有着和读者对话的内在诉求，他想把自己的想法通过对话直接传达给读者。

我们再来看看美国诗人谢尔·希尔弗斯坦（Sheldon Alan Silverstein）的《孩子和老人》。

> 孩子说："有时我会把勺子掉到地上。"
> 老人说："我也一样。"

---

① 维果茨基.思维与语言[M].李维，译.杭州：浙江教育出版社：1997: 156.

孩子悄悄地说："我尿裤子。"
老人笑了："我也是。"
孩子又说："我总是哭鼻子。"
老人点点头："我也如此。"
"最糟糕的是，"孩子说，
"大人们对我从不注意。"
这时他感觉到那手又皱又暖。
老人说："我明白你的意思。"[①]

这首童诗看起来是以对话的形式写就的，但其本质却是一种独白。它既不押韵，语言节奏感也不强，但意味隽永，有那种体现智慧结晶的诗意。

童谣《公鸡叫》有着可以说出来的意义，该意义基本是止于言内。童诗《孩子和老人》则有很多说不出的东西，意在言外。一首童诗究竟要表达什么思想，我们其实无法直接从字面上获取。《孩子和老人》表现了处在生命两端的孩子和老人相同的生活状态——被"大人们"漠视。诗里出现的"大人们"具体来说指的是中年人。我认为，要是从政治学角度来阐释，我们可以把这首诗看作对中年人的生活霸权的批判。其他人也许有不同的解释，但不管怎么解释，这首诗都是意在言外，我们无法从该诗的语言中直接提取其意义。从这个角度来讲，童谣的意义更是"集体"的。也就是说，大家对童谣的含义的理解几乎一样，但是对童诗的理解却具有独特性。

"诗言志，歌永言"说的是诗注重思想意志的表达；而歌是唱出来的语言，更注重语言的节奏、韵律、音乐性的表现。童谣需要儿童站起来大声

---

① 希尔弗斯坦.阁楼上的光[M].叶硕，译.海口：南海出版公司，2012:95.

吟唱，但许多童诗需要儿童静静地坐下来沉思，这是童谣和童诗很重要的区别。童诗不像童谣，童谣是即兴的吟唱，而童诗是沉思的结果。

由于童诗具有独白的性质，因此既适合朗诵，也适合默读。我以郑文山的《静静地坐着》一诗为例进行说明。

> 静静地坐着，
> 什么也不去想，
> 许多听不见的声音都听见了。
> 篱笆外，风轻轻地来又轻轻地去。
> 花架上，花悄悄地开又悄悄地谢。
> 墙壁上，时间答答地走又答答地来。
>
> 静静地坐着，
> 什么声音都听见了，
> 更听见心里的声音。
> 过去的事，
> 永远不再回来。

正如诗名"静静地坐着"所表现的那样，这首诗是沉思的诗。每个人都会有"听见心里的声音"这种体验，那时的状态就是沉思。《静静地坐着》这首诗是有内在的韵律的，但这种韵律和童谣明显的、整齐的韵律不一样。

2. 童诗的意象

童谣里只有形象，没有意象，但是很多优秀的童诗里都有意象。我将以童谣《小西瓜》和童诗《柠檬》为例分别加以说明。

我们先看《小西瓜》：

小西瓜，圆溜溜，
红瓤黑子在里头。
瓜瓤吃，瓜皮丢，
瓜子留着送朋友。

在《小西瓜》里，有对客观形象及人们行为的描述。"小西瓜，圆溜溜，红瓤黑子在里头"描述的便是客观形象，"瓜瓤吃，瓜皮丢，瓜子留着送朋友"描述的则是人们的行为。整首童谣的内容都是客观的。

日本诗人畑地良子创作的童诗《柠檬》被收入日本小学语文教材中。我很喜欢这首诗，所以把它翻译过来，并在很多场合介绍过。《柠檬》这首诗也是写水果的：

柠檬
一定是想到远方去。

薄薄地切一切，
就会明白柠檬的心。

薄薄地切一切，
滚出来好多个车轮。

散发着好闻的香味儿，
车轮，车轮，车轮。

柠檬
一定是想到远方去！

《柠檬》这首童诗所具有的就不仅仅是形象，而是意象。诗中的柠檬具有主观性，具有人的思想、意志、情感和愿望。

形象和意象的区别体现在哪里呢？童谣中的形象有言止意尽的特点，《小西瓜》这首童谣唱完了，意思也就表达完了。但是童诗中的意象则是言有尽而意无穷，我们朗诵完《柠檬》后，还会去沉思，去感受这首诗究竟写的是什么。所以，《柠檬》这首诗既适合孩子阅读，也能够给成年人带来启发——你了解你的爱人吗？如果对方想去远方，你能体察到吗？如果没有像"薄薄地切一切"这样深入、细致的心灵交流，你面对的恐怕始终是一个没有切开的柠檬。这个阐释只是我个人的观点。意象的魅力在于，每个读者都可以把自己不同的人生经验、人生感受融入诗中，然后阐释出不同的意义。

3. 童诗的"自我"

童诗和童谣的读者年龄段是不同的。一般而言，童谣的读者是学龄前的儿童，童诗的读者为小学和初中的儿童和少年。当然，我们也可以教小学低年级的学生学习童谣。既有适合小学低年级学生学习的童诗，也有适合小学中高年级学生甚至初中学生学习的童诗。比如，郭沫若的童诗《天上的街市》目前被部编版初中语文教材收入，其实我个人觉得将这首诗放在小学高年级语文教材，甚至小学中年级语文教材中也是没有问题的。儿童文学的读者人数有下限，但没有上限，关键看我们用什么样的教学策略。

作为观照儿童精神世界、帮助儿童心灵成长的儿童文学，童诗必然要参与少年儿童精神世界的建构。少年儿童正处于寻找和建设自我的时期，因此童诗自然会以表现"自我"为己任。另外，如前文所述，口头语言带有集体思维的特点，书面语言带有个性思维的特点，那么，"自我"当然也应存在于作为书面语言的童诗之中。

英国的艾伦·亚历山大·米尔恩（Alan Alexander Milne）是一位童话作家、儿童诗人，著名的《小熊维尼》就是他的作品。他的诗集《当我很小的时候》中有一首诗叫作《宾克》，我们一起来看看该诗的前两节。

——我叫他这名字
——是我的秘密，不对别人说，
正因为有了宾克，我才从来不寂寞。
不管我在儿童室里玩，在楼梯上坐，
不管我忙着干什么，他总陪着我。

噢，爸爸聪明，是个聪明爸爸，
妈妈真好，是有史以来最好的妈妈，
保姆关心我，这没说的，
可是他们
全看不到
宾克。①

宾克是另一个"我"吗？"自我"是由"我"和宾克组成的吗？"我"和宾克哪个是真正的、主体的"自我"？这些都是我读这首诗时想到的问题。事实上，这已经上升到哲学层面了。不管怎么说，艾伦·亚历山大·米尔恩真是诗技高超，他让"自我"分身有术，可以看到另一个"我"——宾克。每个孩子都要学会与自己相处，做到这一点的孩子就会看到内心中的另一个"我"。作者在诗中给另一个"我"起了名字——"宾克"，或者叫"他"。这首诗印证了童诗里是有一个"自我"的。

著名的冒险小说《金银岛》的作者是英国作家罗伯特·路易斯·史

---

① 米尔恩. 当我很小的时候 [M]. 任溶溶，译. 杭州：浙江少年儿童出版社，2018: 9.

蒂文森（Robert Louis Stevenson），他同时也为孩子们写童诗，《一个孩子的诗园》便是其经典的童诗集。从该诗集中，我们不仅能看到一个"自我"的存在，同时能看到诗的抒情主人公和作者本人有着密切的关系。作者通过这本诗集表现了他当时的内心和情感愿望，他通过写诗来进行自我表现。

4. 童诗的修辞

对诗歌创作来说，修辞是非常重要的。《礼记·表记》有言："情欲信，辞欲巧。"这句话的意思是，我们在创作时，情感要真挚，语言表达要巧妙。巧妙的语言表达往往就是修辞。意大利作家乔万尼·薄伽丘（Giovanni Boccaccio）曾说过，诗如果缺乏表达思想所必需的某些手段，很少会完成任何值得赞赏的东西。他所说的"某些手段"，就包括了修辞。童谣和童诗都需要运用修辞。童谣常使用顶真，而童诗里运用最多的修辞是比喻和拟人。童谣中也会出现比喻和拟人这两种修辞手法，不过童诗中的比喻和拟人更为复杂。

我们可以把童诗中的比喻分成两类：一类是表现物体的外在特征的比喻，另一类是表现概念或内在心理的比喻。我认为可以把前者称为简单比喻，把后者称为复杂比喻。

我们先看一看简单比喻。韵律感和节奏感很强、同时又很押韵的童诗和童谣之间的界限很模糊，有的你叫它童诗也行，叫它童谣也可以。比如《1像铅笔细又长》，我把它叫作童诗，有人则把它看作童谣。我们一起看看《1像铅笔细又长》这首诗中的简单比喻。

　　　　1像铅笔细又长，
　　　　2像小鸭浮水上，
　　　　3像耳朵听声音，

4 像小旗迎风扬，
5 像秤钩称东西，
6 像口哨能吹响，
7 像镰刀割小麦，
8 像麻花拧一遭，
9 像勺子能盛饭，
10 像筷子加鸡蛋。

  这首诗中的所有比喻都是对外在特征的比喻，本体和喻体的外部特征有极大的相似性，这样的比喻就叫简单比喻。

  关于复杂比喻，霍华德·加德纳（Howard Gardner）举了这样一个例子："只是随便地将两个不同的事物结合起来还不够。当艾略特（T.S. Eliot）把夜色蔓延在天际比作'一个被麻醉昏倒在桌上的病人'时，他正通过结合两个完全不相干的事物而创作出强有力的比喻效果。"[①] 将两个不相干的事物放在一块儿，就有可能创造出一个复杂的比喻。把"夜色蔓延在天际"这种景色比作"一个被麻醉昏倒在桌上的病人"，是一个非常奇特的复杂比喻。再比如朱邦彦的童诗《稻田》：

稻田
这本书
风好爱翻
太阳好爱读

风翻来翻去

---

① 加德纳.艺术·心理·创造力[M].齐东海,译.北京：中国人民大学出版社，2008: 150.

太阳一读再读
一直读到——
熟

  这首童诗其实运用了好几种修辞手法:"稻田／这本书"——比喻;"风好爱翻／太阳好爱读"——拟人;"风翻来翻去／太阳一读再读／一直读到——熟"——双关。语文老师如果将这首诗引入课堂,首先要发现诗中的修辞手法。这首诗中还有一个复杂比喻,本体和喻体不是外在形象特征相似的两个东西,而是有内在关联的两件事——种田和读书。种田和读书看起来毫不相关,可实际上二者有内在的心理意义上的关联。这个关联是什么?读书像种田,须下功夫才会有收获;种田如读书,须十分用心才会有成绩。如果读书不下功夫,种田不用心,都难以有好的结果。作者用"熟"将种田和读书联系在一起,产生了双关的效果。
  接下来我们再看看其他的修辞手法。日本作家赤岗江里子创作的《苹果和橘子》是一首非常优秀的童诗,我把它翻译了过来:

从爸爸的故乡,
寄来了苹果。
拨开箱子里的稻壳,
红红的苹果滚了出来,
这些曾经在岩木山麓燃烧的一团团的火。

从妈妈的故乡,
寄来了橘子。
箱子里挤满了金黄的小太阳,
还飘出樱岛前的小村里的风,
浓浓的,沾染了橘香。

高高地堆在桌子上，
闪耀着光芒的，
爸爸的故乡，
妈妈的故乡。

这首诗运用了哪些修辞手法？第一节的"这些曾经在岩木山麓燃烧的一团团的火"和第二节的"箱子里挤满了金黄的小太阳"采用的都是比喻的修辞手法，最后一节的"高高地堆在桌子上，闪耀着光芒的，爸爸的故乡，妈妈的故乡"采用的是借代的修辞手法。按正常逻辑推理，"高高地堆在桌子上"的应该分别是从爸爸的故乡和妈妈的故乡寄来的苹果和橘子，可是真这样写，这首诗就没有诗意了。诗的作者使用了借代的修辞手法，将这首诗的意境一下子提升到了另一个高度。我读完最后一节时，内心情感激荡，这和借代的修辞手法有着直接的关系。

表面看起来，借代和比喻有点儿像，但事实上二者有很大不同。借代多用于情感饱满、物我交融之时。故乡和苹果、橘子之间没有相似性，它们之间只有一种关联，而且这种关联在语言之外，那就是苹果和橘子都是从故乡寄来的。因为苹果、橘子来自父母的故乡，所以作者睹物思乡，最终达到一种物我交融的境界。

二、童诗的阅读教学

1. 朗读教学法

不论是童谣还是童诗，教学时教师都要把朗读放在第一位——朗读、朗读、再朗读。朗读本身就是一种阅读教学方法。老师通过朗读，把自己对诗歌的理解传递给学生。学生听着老师的声音，看着老师的表情和肢体语言，就能加深对这首诗的理解。

准确地找到诗歌的内在意蕴，并形象生动地加以呈现，其实是很难的一件事情。比如刘饶民的《春雨》：

> 滴答，滴答，下小雨啦……
> 种子说："下吧，下吧，我要发芽。"
> 梨树说："下吧，下吧，我要开花。"
> 麦苗说："下吧，下吧，我要长大。"
> 小朋友说："下吧，下吧，我要种瓜。"
> 滴答，滴答，下小雨啦……

我们要对诗歌做整体性的分析，朗读时也要进行整体性的把握。我曾经在一个诵读比赛上听过几位小学语文老师朗读《春雨》这首童诗，我在听他们朗读时，心里有一些想法。一些老师在读"下小雨啦……"时，重读了"小"字。我猜测这样读是想强调雨下得小，可我个人认为这样做是多余的，重读"小"字反而会显得不自然。为什么？诗中反复出现"滴答"，我们一听见这个词，就知道下的是小雨，所以就无须再强调雨小了。

还有一些老师在读"下吧，下吧"时加快了节奏。我猜测，这些老师加快朗读节奏，可能是想表达春天来临时，渴望发芽的种子、渴望开花的梨树、渴望长大的麦苗和想要种瓜的小朋友的急切心情。我读此处时读得比较慢，因为我认为朗读的节奏应该和植物发芽、开花以及小朋友种瓜的节奏保持一致。另外，"下吧，下吧"与春雨的节奏（即"滴答，滴答"）相互对应。这首诗妙就妙在它的节奏上，我们在朗读时不能破坏它。

我们应当重视童诗朗读的整体性。有一次，我听一位语文老师讲一首童诗，具体是哪首诗我已经记不清楚了，但那堂课让我印象很深刻。授课的老师声音很有磁性，读诗水平也很高，所以他把那首诗读得很有感染力。可美中不足的是，那位老师整堂课下来，把那首诗反复朗读了好多遍，可没有哪次朗读是从诗的第一句朗读到最后一句的。他还让学生分组朗读，这一组读第一节，那一组读第二节……让学生单独朗读时，也是让学生读诗的某一节。这位老师忽略了童诗朗读的整体性。一首诗表达的情感是发展的，是不断堆积的，到最后要形成一个高潮。只有进行整体性的阅读，才有助于学生了解一首诗感情发展的脉络，才有助于学生更准确、完整地理解诗歌。只让学生读诗的某一部分不是不可以，但完整地朗读一首诗是必不可少的。

另外，针对朗读教学法，我要强调"少讲解，多朗读"。因为对诗歌的阅读教学来说，有的时候是"水至清则无鱼"。如果老师讲解得太清楚，诗的味道可能就流失了，学生就没有了读诗的胃口。我以《春天》这首诗为例简单加以说明。

> 春天对冰雪说了什么，
> 冰雪那么听话，都化了。
> 春天对小草说了什么，
> 小草那么听话，都绿了。
> 春天对花儿说了什么，
> 花儿那么听话，都开了。

一位老师认为，要是不讲清楚《春天》中的自然常识，就没办法进行阅读教学。所以，他提出了"为什么春天来了，冰雪就化了"等问题，向学生讲解诗中包含的自然常识。这样的讲解其实会破坏诗的意境和韵味，相比之下还不如多朗读。朗读更能感染学生，更能让学生感受诗的意境。

2. 改写教学法

改写教学法非常重要，而且也非常适合童诗的阅读教学。童诗作者创作童诗时字斟句酌，非常讲究用词，所以我们在讲解时就可以适当使用改写教学法。"改写"主要指改写词语。这和改写故事不一样。改写故事可以对结尾进行改写，也可以对中间部分的情节进行改写，甚至还可以进行结构上的改写。但就童诗来说，我们改写时主要是改写它的词语。

有一点我要说明一下，改写有时候并不是为了达到最佳效果。虽然有时候改写后的效果可能会比原作好，但大多数情况下，改写是为了通过比较原作的写法和改写的写法，让学生体会不同的写法产生的不同效果，以加深对原作写法的理解。

谢尔·希尔弗斯坦有一首著名的短诗《总得有人去》：

> 总得有人去擦擦星星，
> 它们看起来灰蒙蒙。
> 总得有人去擦擦星星，
> 因为那些八哥、海鸥和老鹰
> 都抱怨星星又旧又生锈，
> 想要个新的我们没有。
> 所以还是带上水桶和抹布，
> 总得有人去擦擦星星。[①]

怎么改写这首诗呢？我自己是这样设计的：把"八哥、海鸥和老鹰"改为"小狗、小猫和鸭子"。改写之后的作品和原作有什么不同？思考这

---
① 希尔弗斯坦.阁楼上的光[M].叶硕，译.海口：南海出版公司，2012：28.

个问题时,大家一定要紧紧地抓住一点:就"擦擦星星"这件事而言,八哥、海鸥和老鹰抱怨星星又旧又生锈与小狗、小猫和鸭子抱怨星星又旧又生锈有什么不同?我以前讲课时跟一些语文老师交流过这个问题,不少老师认为,小狗、小猫和鸭子抱怨星星又旧又生锈是可以理解的,言外之意是八哥、海鸥和老鹰的抱怨是让人难以理解的。我问他们为什么,老师们说因为小狗、小猫和鸭子不能飞,它们在地面上生活,而星星在天上,所以小狗、小猫和鸭子的抱怨是可以理解的。其实,我提出这个问题是为了弄清楚这首诗想要表达的思想。这首诗讲的是,愿望、决心和行动力有时候比能力更为重要。小狗、小猫和鸭子抱怨星星又旧又生锈情有可原,可八哥、海鸥和老鹰都会飞,老鹰和海鸥还能飞得很高,它们为什么不带上水桶和抹布去擦擦星星呢?它们是有能力的,可是它们没有责任心、愿望、决心和行动力,只知道抱怨。

如果把诗名改为"总得有人去擦擦星星"又会产生什么效果呢?我在大学时代醉心于诗歌创作,现在偶尔也会写诗、写歌词。我知道很多诗都是以第一行诗句作为诗名的,所以很多人容易把这首诗的诗名写成"总得有人去擦擦星星"。我才有了这样的想法:把诗名改为"总得有人去擦擦星星"。那么,在诗名中加上"擦擦星星"会产生什么效果?不加又有什么好处?从对这两个问题的回答中就能反映出我们对这首诗的理解。

这首诗其实是一首哲理诗,是发人深省、引人思考的。如果给诗名加上"擦擦星星",可能会让读者误解这首诗只是在讲擦星星这件事;如果不加,诗名就具有开放性。也就是说,作为一首哲理诗,它可以通过擦星星、擦月亮或者别的事表达思想、哲理,但是它想要表达的思想、哲理应该是具有普遍性的。在诗名中加入"擦擦星星",就会使读者的思维局限在擦星星这件具体的事上,诗歌本身的普遍性和开放性就会减弱。

再比如由韦苇翻译的英国童诗《巴喳——巴喳》:

穿上大皮靴在林子里走,

巴喳——巴喳！

"笃笃"听见这声音，
就一下躲到了树枝间。

"吱吱"一下蹿上了松树，
"崩崩"一下钻进了密林。

"叽叽"嘟一下飞进绿叶中，
"沙沙"哧一下溜进了黑洞。

全都悄没声儿地蹲在看不见的地方，
目不转睛地看着"巴喳——巴喳"越走越远。

  这是一首很有情趣的童诗。我尝试提出的问题是，把"笃笃""吱吱""崩崩""叽叽""沙沙"，分别改成与之相对应的动物，这首诗的艺术表现效果会有什么不同？

  周益民老师在教授这首诗时，使用的就是"换词语"的方法。在课堂上，周老师问学生："用拟声词指代动物和直接写出动物名称，哪种写法更好？选择一节（改写后）读一读，比较比较。"学生是这样回答的："感觉直接写出动物名称就没意思了。""我认为作者的写法好，更生动、更有趣。""诗人用声音指代各种动物，比较好玩。"可见，这样的改写教学的确有助于学生提高诗歌鉴赏能力。学生回答问题时表现出来的良好语感给我们带来这样的启示：在阅读教学中，只要阅读文本（包括课文）选得好，教师的问题提得好，学生的语文学习潜能就会被大大地激发出来。这是我听很多名师的课之后的深切感受。

3. 选择教学法

　　采取选择教学法时，教师一定要事先想出各个选项的内容，包括贴近阅读文本的内容、不那么贴近阅读文本的内容，以及和阅读文本相背离的内容。教师同时呈现这些选项，让学生进行选择或判断。小学中低年级的学生的理性分析能力还偏弱，让他们直接分析诗歌、直接回答问题是有难度的，此时选择教学法的优势便体现出来了。学生会根据老师提供的选项再次回到文本中进行阅读、分析和判断。虽然学生嘴上可能说不清楚，但他们是经历了分析、判断的思维过程的，这就为他们理性分析能力的发展搭建了台阶。

　　我以谢尔·希尔弗斯坦的《捞月网》一诗为例进行具体说明，该诗的内容如下：

> 我自己做了张捞月网，
> 准备今晚捉月亮。
> 我边跑边把它舞过头，
> 要抓那个大光球。
>
> 如果你明晚没看到
> 圆圆的月亮在天上。
> 那一定是我捉到了它
> 把它装进我的捞月网。
>
> 如果月亮还在放光明，
> 你瞧瞧月亮下面会看清，
> 我正在天空把秋千荡，

一颗星星进了我的捞月网。①

针对该诗，我是这样设计教案的。我会为学生提供三个说法，问他们是否同意。同意的打钩，不同意的打叉。

第一个，作者做的网也许能捉一捉蝴蝶、蜻蜓、小鱼，说什么捉月亮和星星，完全是吹牛。
第二个，在天空中荡秋千太危险了，要是掉下来就惨了。
第三个，这首诗表现出作者十分独特的想象力，非常有趣。

学生如何看待这三个说法可以反映出他们对诗歌内容的理解。当然，学生判断完后，老师还可以进一步提问："你为什么认为这个说法是不对的？为什么认为这个说法是对的？"让学生表述他们判断的理由。

4."欲言又止"法

对诗歌来说，"水至清则无鱼"。如果教师把话说得太满、太实，会影响学生对诗意和诗歌境界的感受。"欲言又止"法对诗歌阅读教学很重要，诗歌传递了许多丰富的信息，但教师不一定要将所有信息都传递给学生。我在此以邱凤莲老师执教的海子的诗歌《面朝大海，春暖花开》为例进行说明。《面朝大海，春暖花开》是很多人都喜欢的一首诗，我们不能称其为童诗，但我认为完全可以向小学高年级学生介绍这首诗。虽然这首诗的词语简单、朴实，但其内涵却非常丰富、隐晦，读者需要仔细品味。

从《面朝大海，春暖花开》这首诗里，我们可以找到作者想要寻找

---

① 希尔弗斯坦.阁楼上的光[M].叶硕，译.海口：南海出版公司，2012: 9.

理想的精神家园的蛛丝马迹。诗中有这样一句话："愿你在尘世获得幸福，我只愿面朝大海，春暖花开。"海子对"你"和"我"的祝愿截然不同，"愿你在尘世获得幸福"，但"我"是不愿意的。"只愿"二字其实表明了诗人的独特追求。那"面朝大海，春暖花开"是什么意思呢？我觉得这是海子对他理想中的纯粹而愉悦的精神状态的描述。读这首诗，我体会到了海子对理想与现实的不同看法。

邱凤莲老师是一个很懂诗的老师，她对海子的精神世界和这首诗的内容有很深的体会。她在和学生讨论这首诗的时候，介绍了海子的身世以及他的孤独、忧伤等情绪，但是她没有直接介绍海子对理想与现实的态度。她还引导学生去关注诗中的"尘世"，让学生解释"尘世"的含义。邱凤莲老师多次强调"我只愿面朝大海，春暖花开"这句诗，我觉得她很可能体会到，这首诗反映出了海子在理想的精神家园与现实的物质世界之间所做出的取舍。如果真是这样，我认为邱凤莲老师肯定知道海子的独特追求，但她不直接讲出来，其实就是在运用"欲言又止"法。给五年级的学生上课，邱凤莲老师这样处理是非常恰当的。

5. 比较教学法

采用比较教学法更容易让学生看出被比较的双方各自的特征，就好比一个胖子和一个瘦子站在一起，各自的特征就更为鲜明。

高帆的《我看见了风》和艾伦·亚历山大·米尔恩的《小山上的风》都是写风的，但二者写法不同。郭沫若的《天上的街市》和痖弦的《流星》都写了流星，但二者的写法也有微妙的不同。采用比较教学法，更容易让学生比较出几首诗的不同之处，更容易让学生领会诗歌的写法和想要表达的情感。

问与答

问：在进行童诗教学时，教师是否有必要向学生介绍作者信息和写作背景，让学生在这个基础上对诗歌产生合理的想象？

答：这要具体问题具体分析。如果我们觉得作品的内容和作者的身世、经历或主张有比较直接的关系，那把这些信息介绍给学生有一定的好处。如果与诗人相关的信息对学生理解诗歌并不能产生什么作用，就不用做介绍。以经典儿童诗集《一个孩子的诗园》为例，我们在和学生讨论这本诗集时，可以介绍作者的一些经历，因为作者把他对幼年时代的怀念都写进了诗歌里。我觉得这也和作者自己的身体被束缚有关系，他写作这本诗集时身体状况不好。

问：日本诗人金子美玲的作品音乐性不强，为什么大家还说她是童谣诗人？

答：其实日本的童谣和我们的童谣有些不同。我国的童谣和我国古代的诗歌是有密切关联的。我国的童谣，无论是节奏、韵律还是字数，都有非常鲜明的音乐性。日本的童谣就不如我国的童谣那么朗朗上口，音乐性也不是那么强。所以，金子美玲的作品也不像我们的童谣那么有音乐性。因此，我个人更愿意把金子美玲的作品称作童诗，把她称作童诗作家。

第四章 / 儿童故事的艺术特点与阅读教学

儿童文学大多是故事文学，"故事"是儿童文学中极为重要的元素，而本章中的"故事"则是一种文学体裁。需要说明的是，幻想儿童文学中的民间童话、动物文学中的动物故事，也都属于故事文体，但不在本章讨论范围内，本章主要围绕那些讲述现实生活的故事，以及不具有幻想要素的拟人体故事展开。

在现行的小学低年级语文教材里，大量文学作品都是故事文体。但我认为，一些故事的特征不是非常鲜明，故事性、趣味性相对较弱。在本章中，我会和大家分享一些我自己欣赏的、故事性非常强的作品。

一、什么是故事

在汉语中，"故事"一词本来的含义是指过去的事。无独有偶，在英语中，"story"（故事）的古义是历史或史话，也是指过去的事。实际上，任何一个故事一经讲述，都将变成过去发生的事。但这里有两点需要加以说明：第一，并非所有过去发生的事都能成为故事；第二，故事里的事，不一定真的发生过，也可以是虚构的。

那什么样的事不能成为故事，什么样的事可以成为故事？我举个例子。曹雪芹的《红楼梦》第五十四回写了王熙凤讲的两个笑话，笑话内容如下。

第一个笑话：

> 凤姐吃过酒，想了一想，笑道："一家子也是过正月半，合家子赏灯吃酒，真真的热闹非常，祖婆婆、太婆婆、婆婆、媳妇、孙子媳妇、重孙子媳妇、亲孙子、侄孙子、重孙子、灰孙子、滴滴搭搭的孙子、孙女儿、侄孙女儿、外孙女儿、姨表孙女

儿、姑表孙女儿……嗳哟哟，真热闹！"众人听她说着，已经笑了，都说："听数贫嘴的，又不知编派那一个呢？"尤氏笑道："你要招我，我可撕你的嘴！"凤姐起身笑道："人家费力说，你们混，我就不说了。"贾母笑道："你说你说，底下怎么样？"凤姐想了一想，笑道："底下就团团坐了一屋子，吃了一夜的酒，就散了。"①

第二个笑话：

  凤姐笑道："再说个过正月半的。一个人扛着一个房子大的炮竹往城外头放去，引了上万的人瞧。有一个性急的人等不得，便偷着拿香火点着了。只听'噗哧'一声，众人哄然一笑都散了。这扛炮竹的人道：'怎么没等放，就散了。'"湘云道："难道他本人没听见不成？"凤姐道："这本人是个聋子。"②

这两个笑话哪个更像故事？我相信老师们都能比较出来，前者不太像故事，而后者更像故事，尽管这个故事很简单。那这二者之间有什么区别呢？我认为主要有两点区别。第一，第一个笑话所涉时间很长，但在这么长的时间里却没有发生具体的事情；第二个笑话所涉时间比较短，但却发生了具体的事。第二，第一个笑话没有什么意味，所以大家听着只觉得冰冷无味；第二个笑话则是有意味的，所以当王熙凤讲完这个笑话时，众人才"一回想，不觉一齐失声都大笑起来"③。

  结合这个例子，我认为可以这样给故事下一个定义：故事是以讲述能够引起读者或听者兴趣的具体事件为目的的作品。

---

①②③ 曹雪芹，程伟元，高鹗. 红楼梦：卷二 [M]. 蒙古王府藏本. 北京：外语教学与研究出版社，2020: 708.

二、儿童故事的艺术特点

我认为，儿童故事具有以下几个艺术特点。

1. 事件具体而完整

儿童故事的第一个艺术特点是事件具体而完整。事件具体而完整指的是什么？我给大家举个例子来说明。日本作家新美南吉写过一个短小的故事，叫《糖块儿》。故事内容是这样的。

在一个温暖的春日，一个妈妈带着两个年幼的孩子上了渡船。船正要出发时，一个武士跑过来跳进了船里。船出发后，武士打起瞌睡来了。武士打瞌睡的样子很好笑，孩子们忍不住笑了起来。妈妈担心孩子们惹怒了武士，让孩子们别出声，孩子们便安静了下来。过了一会儿，一个小孩儿要吃糖，另一个也跟着要吃。可是妈妈只有一块糖，两个孩子都缠着妈妈，争着要糖。孩子们的声音吵醒了武士。武士"唰"一声拔出刀，走到母子三人面前。武士说："把糖块儿给我！"武士用刀把糖块儿劈成了两半，把糖分给了两个孩子，然后又回到船的中央，打起瞌睡来。

这个故事只有几百字，但对事件的描述十分具体和完整，我们甚至能看出故事的起承转合："起"——武士上船后开始打瞌睡；"承"——孩子们把武士吵醒了；"转"——武士抽出刀向孩子们走去；"合"——武士用刀把糖块儿砍成两半，分给孩子们，最后又打起瞌睡来。这是一个十分优秀的故事，有波澜起伏的情节和高潮，能让人产生紧张感和危机感。

如果一个故事中发生的几件事都是孤零零的，是作者把它们拼凑到一起的，彼此之间没有内在的、必然的关系，那这个故事就不是典型的故事。

好故事还要有意味。如上文所述，王熙凤讲的第二个笑话其实是有意味的，所以大家回想了一下，都哈哈大笑。故事既要引起读者或听众的兴趣，又要给人以启发。

我和左伟一起创作了"花田小学的属鼠班"系列故事，其中一个故事叫《夏老师叫什么名字》。我以该故事为例，来说明故事要有什么样的意味，在什么地方表现意味，以及怎么表现意味。

在介绍《夏老师叫什么名字》之前，我先介绍"花田小学的属鼠班"系列故事的背景信息。该系列故事有两个主人公，一个叫属鼠灰，一个叫属鼠蓝，他们班上的同学都是属鼠的，所以他们的名字都和"属鼠"有关：属鼠灰、属鼠蓝、属鼠白……班里的老师也是属鼠的，给大家发食物的阿姨叫属鼠发发，这个名字是属鼠灰给起的，因为属鼠灰特别贪吃，他希望老师多发给他们一些面包圈。

《夏老师叫什么名字》讲述了属鼠班来了一位高高大大的男老师，这位老师姓夏。大家起初都有些怕他，但上完第一节课后，大家都觉得新老师很亲切，一点儿也不吓人，属鼠灰就想下课后和老师开开玩笑。

"老师，您是不是姓夏呀？"
"是呀！"
"夏老师，您是不是叫'夏天'哪？"
"是呀，我是叫夏天，要不今天怎么这么热呢。"①

第二次夏老师上完课后，属鼠灰又和夏老师开玩笑。

"老师，您是不是姓夏？"
"没错，是姓夏。"

---

① 朱自强，左伟. 花田小学的属鼠班 2　夏老师叫什么名字 [M]. 沈阳：春风文艺出版社，2019: 6.

"您是不是叫'下雨'？"

"我是叫'下雨'，一会儿下大雨，一会儿下小雨，有时还噼噼啪啪下冰雹呢！"

"噢，夏老师下冰雹了，快逃哇！"①

班上的孩子捂着头嘻嘻哈哈地跑开了。

孩子们每次和夏老师开玩笑，夏老师总能机智应对，大家非常喜欢这位新老师。夏老师最后一次给同学们上完课后，对同学们说："今天我叫'下课'！因为你们的丫丫老师回来了。所以，我该下课了。不过，欢迎大家有事来找我。"②这时，下课铃声响了，夏老师笑着和大家摆摆手，然后就向教室外走去。

这个故事到这里可以结束了吗？这个故事如果到这里结束，我相信也是可以的。但是从"好故事要有意味"这个角度来讲，是不是还缺点儿什么呢？于是，我们在结尾处写了这样一段话：

属鼠灰看着夏老师的背影，心里一阵恋恋不舍。他突然想到，到现在，自己还不知道夏老师到底叫什么名字呢。

属鼠灰腾地站起来，飞快地朝夏老师的背影追了过去。③

在这个故事中，属鼠灰用独特的方式和夏老师交流，不仅是因为他想了解夏老师叫什么名字，更关键的原因是和夏老师对话让属鼠灰感到很开心。在这个过程中，属鼠灰心中逐渐积累起对夏老师的感情，这就是这个故事的意味。那要怎么突显这份感情呢？故事的结尾就把属鼠灰对夏老师的情感彰显出来了，结尾是这个故事的重要意味所在。有了这样一个结

---

①②③ 朱自强，左伟.花田小学的属鼠班2 夏老师叫什么名字[M].沈阳：春风文艺出版社，2019: 7, 9, 10–11.

尾，我们就可以去品味故事里属鼠灰和夏老师之间的关系，也就是学生对老师的感情。

我们再来看看"淘气包马小跳"系列故事中的《笨女孩安琪儿》。马小跳和安琪儿是小学生，他们是同班同学。有一次，班里组织去郊外给小树浇水。马小跳告诉安琪儿，她长得不高是因为她的妈妈没有给她浇过冷水。安琪儿信以为真，让马小跳给自己浇了冷水，因此感冒发烧了。

马小跳因为这件事被爸爸惩罚后，却只买自己爱吃的零食去向安琪儿道歉，并在安琪儿面前大吃特吃。马小跳的爸爸和安琪儿的爸爸则在寒暄过后聊起了足球。

首先，读完这个故事后我感觉马小跳是个心眼儿很坏的孩子。其次，我觉得故事中有关马小跳的申辩，以及他和他爸爸之间的对话描写（比如马小跳说"安琪儿就有这么傻"）是不太合适的。再次，老师打电话通知马小跳的爸爸，说明老师认为马小跳的做法是不对的。自然，安琪儿的父母和马小跳的爸爸也认为马小跳的做法是不对的。但马小跳做了错事之后，没有任何自我反省。作者应该写马小跳怎么反省并解决问题。只有这样，这个故事才是有意味的。

2. 事件能够引起并满足读者的好奇心

我们在听故事时会情不自禁地向讲故事的人提问，而在读故事时，我们会在自己心里默默地发问："后来怎么样了？"可以说，听故事与读故事这两个行为背后的最大动力，是我们人类的好奇心。能够唤起并满足读者的好奇心的，未必是一个好故事，但是不能唤起和满足读者好奇心的，一定是一个不好的故事。

好奇心的力量非常强大。我给大家讲一下著名的古代阿拉伯民间故事集《一千零一夜》的开头。故事的起因是一位国王因王后与人私通，便每日都要娶一个女人，翌晨便杀死，以此消除心中的愤恨。而宰相的女儿为解救国中女子便自愿嫁给国王。到了晚上,她就开始给国王讲故事,一讲就讲到天亮,并在最精彩的地方戛然而止。于是,急于知道故事结局的国王就特许她再多活一天。用这样的方法,她的故事讲了一千零一夜,并最终感化了残暴的国王。

宰相的女儿显然是抓住了国王的好奇心。在这个故事里,人的好奇心显示出了强大的力量,为了满足好奇心,国王甚至可以压抑自己的报复欲望。

我们回过头来讲儿童故事。儿童故事一般面向小学低年级学生,所以要引起并满足少年儿童的好奇心,作者往往要重点构思故事里的人物做什么事、怎么做事。我以德国作家笛米特·伊求(Dimiter Inkiow)的《鲜奶油蛋糕》为例做一下说明。故事讲述了一对姐弟发现了妈妈为客人准备的蛋糕,他们很想吃,但是妈妈不让他们碰这个蛋糕。妈妈出门后,姐姐提议说,应该尝一下蛋糕,以确认蛋糕没有坏。然后姐弟俩一人吃了一边,发现蛋糕没有坏。姐姐说:"我们只能说这两边没有毒,那其他地方呢?"于是姐弟俩把蛋糕外面一圈都尝了一遍,之后他们又把蛋糕中间尝了一遍。妈妈回来后十分生气,让他们把蛋糕都吞下去。姐弟俩就把蛋糕都吃掉了。过了一阵子,姐弟俩开始肚子疼。姐姐对弟弟说:"你看,这个蛋糕是坏掉的吧!"

作者讲述了两个孩子要吃蛋糕以及他们是怎么吃蛋糕的,并借此来引起并最终满足了儿童读者的好奇心。

3. 人物性格类型化

儿童故事和儿童小说的一个重要区别,就是儿童故事中的人物性格具有类型化的特征。儿童小说的作者在塑造人物形象时,往往会使人物性格超越类型化,使其具有"典型性"。儿童故事主要面向小学低年级学生,所以其中的人物性格就不能太复杂。英国小说家爱德华·摩根·福斯特

（Edward Morgan Forster）在《小说面面观》中提出"扁平人物"和"圆形人物"。"扁平人物"的性格是平面的、单一的，而"圆形人物"的性格是立体的、多侧面的。我们也可以说"扁平人物"的性格是漫画式的、非常单纯的，被突出的只是其性格中的某一个方面。在儿童故事中，大多数人物都是"扁平人物"。"青蛙和蟾蜍""小淘气尼古拉的故事"是经典的、优秀的系列故事作品，不论是青蛙、蟾蜍还是尼古拉，他们所呈现出的性格都是单一的，而且他们的性格在他们出场后就能够被我们辨识。从第一个故事到最后一个故事，人物的性格是不会发展也不会变化的，我们把这类性格叫作类型化的性格。

三、儿童故事的阅读教学

1. 如何整体地把握一个作品

我在《小学语文儿童文学教学法》一书中，提出了关于儿童文学阅读的六个原则，其中一个原则就是"形式分析"。所谓形式分析，就是在面对儿童文学作品时，我们不仅要讨论、阐释、揭示作品表现了什么内容、什么情感、什么价值观，而且要讨论作品的写法以及表现形式。我将以"青蛙和蟾蜍"系列故事中的《等信》为例，从形式分析的角度讲一讲，教师应如何整体地把握一个作品。《等信》这个故事的内容梗概是这样的。

蟾蜍告诉青蛙因为从来没有人给它写信，所以它很不开心。青蛙赶紧回家给蟾蜍写了一封信并拜托蜗牛给蟾蜍送信。接着，青蛙跑去蟾蜍家。这时候蟾蜍已经躺在床上睡觉了。青蛙让蟾蜍起来等送信的，蟾蜍说："我已经等烦了。"青蛙往窗外望了望，蜗牛还没有到。过了一会儿，青蛙又催蟾蜍起来。蟾蜍说："不会的，绝对不会有人寄信给我的。"青蛙又往窗外望了望，蜗牛还没到。青蛙告诉蟾蜍，也许今天有人给它寄信，蟾蜍不相信。青蛙再一次往窗外望了望，蜗牛还是没到，于是青蛙告诉蟾蜍自己给它写信的事。蟾蜍开始和青蛙一起等信。四天以后，蜗牛终于把信送到了。蟾蜍接到信，心里很高兴。

苏联教育家苏霍姆林斯基认为，语文老师在备课时，要能够找出文本的关键点来。找关键点对阅读教学来说也非常重要，是阅读教学的一个重要开端，关键点找得准、找得好，阅读教学的后续开展就有了强大的保障。在《等信》这个故事里，"青蛙向窗外望了三次"体现出青蛙内心的焦急，这与蜗牛动作的缓慢形成了对比，这就是这个故事最核心的关键点。教师在开展阅读教学时要把这个关键点突显出来，让学生领会故事的表现形式。

下面我结合自己的教学实践，说说怎么在教学中突显上述关键点。我曾给小学一、二年级的学生，甚至三、四年级的学生讲《等信》。我问学生："在这个故事里谁在等信？"学生马上就能回答出来："是蟾蜍在等信。"然后又有学生说："青蛙也在等信。"我便和学生交流："不是蟾蜍在等信吗，怎么变成青蛙在等信了？"学生回答："蟾蜍因为收不到信而难过，青蛙不想让它难过，就给它写了一封信，所以青蛙也在等信。"我提第二个问题的目的是要突显出这个故事的主题是友情。

接下来，我就带领学生分析故事的表现形式。我问："在这个故事里没有出现'着急'这个词，但作者有没有写着急这件事？"学生马上回答："写到了！"一个学生还站起来说："老师，写到了。青蛙往窗外望了三次，它心里该有多着急啊！"我又问："这个故事里也没有出现'慢'这个词，但作者有没有写到慢这件事？"学生回答："老师，写到了。蜗牛四天才把信送到，这还不慢吗？"我之所以提这两个问题，其实是想引出这个故事的关键点。

我之后使用了阅读教学中的改写教学法。我问："大家看，能不能把送信的蜗牛改成兔子？"学生都回答"不能"。一位学生站起来说："老师,不能换。如果把送信的蜗牛换成兔子,兔子跑得比青蛙还快,没等青蛙跑到蟾蜍家,兔子就已经把信送到了,这样我们就看不到青蛙往窗外望三次这样的事了。"这个分析很精彩,这位学生连故事里的哪些情节表现了青蛙与蟾蜍的友情都抓住了。如果将蜗牛换成兔子,此处也就没办法表现青蛙与蟾蜍的友情了。还有一位学生的回答也非常精彩,他说:"老师,不能换。如果把蜗牛换成兔子,这个故事的题目就不对了。"这个故事的题目是《等信》。兔子跑得那么快,马上就能把信送到,青蛙和蟾蜍还用等信吗?既然不用等信,那这个故事的题目就不对了。

我曾经向小学四年级的学生提出过一个问题:"在故事中青蛙很着急,但蜗牛偏偏不急,这使得这个故事很有趣;如果作者写青蛙在那儿着急,送信的兔子比青蛙还急,跑得比青蛙还快,立刻就把信送到了,这个故事就没意思了。作者是用了什么写法?"有几个学生直接就回答出"用了对比的写法"。值得思考的是,如果面对的是小学一、二年级的学生,教师是否可以问这个问题,并把对比写法交代出来呢?感兴趣的教师,可以在小学一、二年级的课堂上做一下尝试。

2. 选择教学法

选择教学法适合小学低年级和中年级的学生。使用选择教学法时,教师需要考虑与问题相关的各种可能的选项。哪个选项更接近自己的感受,学生就选择哪个选项。

我以苏联作家阿尔丘霍娃的《胆小鬼》为例,具体说说选择教学法。《胆小鬼》的主人公是女孩儿瓦尼亚。她的胆子很小,大家都叫她胆小鬼。有一天,其他孩子在街头的大沙堆上玩游戏,但是大家都不带瓦尼亚玩。瓦尼亚就和自己的小弟弟安德留沙玩。安德留沙很小,才刚刚会爬。

一条长毛狗走向孩子们,孩子们四散逃开。瓦尼亚抓起小铁铲和为洋娃娃做饭的小煎锅,用身子护住安德留沙。长毛狗冲瓦尼亚凶狠地扑了过来，瓦尼亚勇敢地挡在弟弟前面。长毛狗的主人把狗带走后，瓦尼亚开始大哭起来。瓦尼亚低声说："它没有咬到我……我真是害怕极了！"

如果教师采用选择教学法，可以设计如下问题：

事情发生以后，大家还会不会叫瓦尼亚"胆小鬼"了呢？请从下列选项中选择你认为合适的一项。如果你有其他想法，也可以写在下面。

①还会叫她胆小鬼，因为她被长毛狗吓哭了，胆子确实很小。

②不会叫她胆小鬼了，因为她虽然自己也害怕长毛狗，但仍旧勇敢地保护了小安德留沙。

③你自己的想法：_____。

这个故事写出了瓦尼亚性格中不为人知的一面，瓦尼亚是很胆小，她怕老鼠、青蛙和毛毛虫，但到了关键时刻，为了保护自己的小弟弟，瓦尼亚变成了勇敢的孩子。这也是一个很有意味的故事，用选择教学法可以揭示出瓦尼亚勇敢的品格。

我再以俄国作家列夫·托尔斯泰的《消防犬》为例进行说明。故事是这样的。

一座房子着火了，消防员赶到的时候，有个女人向他们跑过来，哭哭啼啼地说屋里还有一个小女孩儿。消防员立刻打发消防犬鲍勃去救。过了几分钟，它咬着女孩儿的衬衫，拖着女孩儿从屋子里跑出来。母亲跑到女儿身边，"高兴得淌出了眼泪"，因为小女儿还活着呢。消防员想检查鲍勃有没有烧伤，但是鲍勃一定要再进屋子里去。鲍勃冲进屋子里，一会儿就咬着一样东西跑出来。人们看到它咬着的是一个大洋娃娃，都哈哈大笑起来。

这个故事的主人公显然是消防犬鲍勃。鲍勃具有什么样的性格或者精神？故事中有哪些重要意味？如果教师使用选择教学法，可以设计如下问题：

> 作者为什么要写消防犬鲍勃从火场里把洋娃娃叼出来这件事？请从下列选项中选择你认为合适的原因。如果你有其他想法，也可以写在下面。
> ①作者这样写，是为了说明鲍勃其实很笨。
> ②作者这样写，是为了说明鲍勃对救人这项工作非常认真负责。
> ③你自己的想法：＿＿＿＿＿＿＿＿。

我个人认为这样的写法为故事增添了乐趣，同时也表现出鲍勃对工作认真负责的精神。

3. 词语教学法

我所说的词语教学法不是语义学（不涉及具体的词义研究）意义上，而是语用学（重视词语在语境中的应用）意义上的教学方法。词语教学法是一种可以使我们的语文阅读教学变得"有语文味"的教学方式。通过词语教学法，学生对词语内涵的理解更为深入，语感能力也会得到提高。

接下来，我再以《消防犬》这个故事为例说说词语教学法。在故事中，鲍勃救出小女孩儿后，妈妈"高兴得淌出了眼泪"。我们可以将此处提取出来进行词语教学。这句话里比较异常的地方是妈妈"高兴得淌出了眼泪"。我们通常都是"高兴得笑出了声"，可在这里，那位母亲却是"高兴得淌出了眼泪"。我们可以围绕这句话设计这样的问题："请同学们想一想，如果把'高兴得淌出了眼泪'改成'高兴得笑出了声'，好不好？"其实，我们在运用词语教学法的同时，也运用了比较教学法——

"高兴得淌出了眼泪"和"高兴得笑出了声",到底哪个表现力更强一些?一般情况下,我们都用"高兴得笑出了声",但在特殊的语境中,"高兴得淌出了眼泪"比"高兴得笑出了声"更有表现力。

《熊爸爸回家》是美国作家埃尔斯·霍姆伦德·米纳里克(Else Holmelund Minarik)的"亲爱的小熊"系列里的一个故事。小熊出门去玩,见到了母鸡。小熊告诉母鸡,自己的爸爸去很远的大海上捕鱼去了,今天就要回来了,而且说不定会看见美人鱼。母鸡听了十分惊喜。小熊说:"也许,她会和爸爸一起回家呢。"① 母鸡便要跟着小熊回家去见见美人鱼。他俩在路上又遇见了鸭子。小熊对鸭子说自己的爸爸在很远的大海上捕鱼,"也许会去到美人鱼住的地方哦"②。母鸡说:"美人鱼和熊爸爸一起回家了!"③ 于是鸭子也跟着小熊和母鸡去看美人鱼。他们在路上又遇见了小猫,并且对小猫说了同样的话,小猫便跟着大伙一起去看美人鱼。

大家来到小熊家,见到了熊爸爸。熊爸爸说自己并没有把美人鱼带回来,此时小熊说:"我说的是'也许'呀,我真的说的是'也许'。"④ 熊爸爸拿出自己带回来的海螺说:"你们听听,能听到大海的声音,也许,你们也能听到美人鱼的声音,也许哟。"⑤

这个故事讲的是小动物们因为不理解或忽略"也许"这个词的含义而造成的一场有趣的误会。熊爸爸的一番话,帮助母鸡、鸭子和小猫充分了解了"也许"的含义和用法。当然,在故事里使事情出现这样一个大误会的始作俑者是母鸡。它可能是因为不理解"也许"这个词,也可能是因为性格莽撞,不够心细,没有注意到小熊的确说了"也许"这个词。总之,小熊的话传着传着,这个"也许"就不在了。当大家都这样说时,小熊也相信了,这生动地反映出儿童的心理特征。《熊爸爸回家》既是一个有趣的故事,也教会学生一个抽象的词语——也许。

---

①②③④⑤ 米纳里克.亲爱的小熊 熊爸爸回家[M].王林,译.贵阳:贵州人民出版社,2019: 24, 26, 27, 37, 38.

4. 改写教学法

教师还可以使用改写教学法，我以《糖块儿》为例进行说明。教师可以问学生，在作者写到两个孩子都缠着妈妈要那一块糖时，如果加入"武士看到妈妈很为难，就想帮助她"这样一句话，好不好？我个人认为加这句话不好，因为加了这句话，武士抽出刀时，读者就知道他要干什么了——要帮助妈妈，就不会产生担心武士要去砍孩子的那种紧张感。读者没有了这种紧张感，接下来发生的事情就不会产生出人意料的效果了。写就一个好故事的窍门之一是要营造紧张感，产生出人意料的效果，也就是要卖关子。《糖块儿》卖的关子是让我们不知道武士抽出刀来要干什么，我们会猜测武士可能是因为这两个孩子打扰了他而要去惩罚他们。这就制造了故事的悬念，让故事更有吸引力。

问与答

问：您刚刚总结了好几种教学方法，我感觉您一直在向孩子们提问题。我们应该以什么样的频率来提问？如果提问过多，会不会像是在讲课文，而不是在欣赏一个很有意思的故事？

答：如果你的主要用意是想给孩子们讲既有趣又有益的故事，就少提问、少讨论。当然，若是要突出故事里某个有趣的点，你可以适当地提出一两个问题。但如果你是想在课堂上与学生系统地讨论故事，就可以进行相对深入的挖掘和相对充分的讨论。归根结底，这是由你的教学目的决定的，如果你想讲故事，而不是开展语文阅读教学，那你的确不能提问过多，否则会影响孩子们听故事的乐趣。

问：您说马小跳不懂得反思，作者也没有表明态度。但我觉得三年级的孩子谈不上反省，他们可能有自己的解决之道，也许马小跳跟安琪儿一起吃东西就是解决问题的方式。请问，我这样理解可不可以呢？

答：这个说法有一定道理，这位老师很会读故事，能很好地捕捉和体会故事的很多细节。但是我觉得这个故事的思想倾向还是存在问题的。如果马小跳真的想道歉或有所反省，他在超市里应该挑选安琪儿喜欢吃的东西，而不是专挑自己喜欢吃的东西。如果他以前了解安琪儿喜欢吃什么，那就买那些东西，这说明他心中已经认错反省了。就算他不知道安琪儿平时喜欢吃什么，他也可以猜测她喜欢吃什么东西。可是故事里的马小跳就只挑了他自己喜欢吃的东西，心里并没有安琪儿。另外，马小跳进了安琪儿的房间后就开始吃那些他喜欢吃的东西，也没有对安琪儿说"你吃这个，这个好吃"等类似的话。所以，我个人认为这个故事还是有问题的。

第五章　童话的艺术特点与阅读教学

一、童话的定义

童话是一个专有名词，它在我国儿童文学史上有一个演变的过程。1908 年商务印书馆出版了一套"童话"丛书，收录了 102 种作品。虽然该丛书名为"童话"，但实际上我们在里面不仅能读到童话类作品，还能读到科幻小说这样的非童话类作品。所以在我国儿童文学的发生期，童话这个词语是作为儿童文学的代名词使用的。这一点恐怕是受到了日本的影响，因为在日本的大正时代，所有儿童文学作品都被称为童话。但到了今天，童话则是作为一种文学体裁，被学术界、社会大众普遍接受。

典型的童话一般是指具有超自然因素的幻想故事，这类幻想故事也被称为"超人体童话"。比如丹麦作家汉斯·克里斯蒂安·安徒生（Hans Christian Andersen）的《打火匣》，《打火匣》里的士兵一擦打火匣就能召唤大狗，大狗就会给士兵带来帮助。再比如《神笔马良》，少年马良得到一支神笔，他用神笔画什么，什么就会变成真的。如果他画了一只仙鹤，仙鹤就会真的飞起来。这些童话故事里都有一个可以满足作品主人公愿望的宝物。

事实上，还存在另外两类童话，分别是拟人体童话和常人体童话。

拟人体童话是指采用拟人手法的幼儿童话，比如在新美南吉的《去年的树》和艾伦·亚历山大·米尔恩的名作《小熊维尼》中，不论是大树、小鸟还是玩具，作者都把它们当作人一样加以描写和表现，所以这类作品被称为拟人体童话。

常人体童话的主人公是普通人，但作者会对其进行夸张的处理，比如安徒生的《卖火柴的小女孩》、《格林童话》中的《幸运的汉斯》。在这类童话作品中，没有超自然因素，也没有可以满足主人公愿望的宝物，主人公的生活和普通人的生活很接近。但这类童话作品有一个特点，那就是作者常常会做夸张的处理，使作品中的人和事和现实生活中的人和事有很大的距离感。我们把这样的童话称为常人体童话。

现行的小学语文教材在选取童话作品时，大多选取的是拟人体童话，很少选取超人体童话，这是有很大的进步空间的。在小学阶段，我们仍然要培养孩子的想象力和幻想精神。和拟人体童话及常人体童话相比，超人体童话所包含的超自然因素，对培养孩子的想象力和幻想精神具有特殊的作用。另外，超人体童话的趣味性和可读性都使其成为一种不可或缺的重要资源。

二、民间童话与创作童话的区别

我在《儿童文学概论》中，把具有幻想性质的故事都归为幻想儿童文学，而事实上幻想儿童文学也是有沿革的：最早出现的是民间童话，之后才出现创作童话。民间童话的代表作品是《格林童话》，创作童话中最有代表性、最有知名度的是《安徒生童话》。在《安徒生童话》这类创作童话出现之后，幻想小说出现了。英国作家刘易斯·卡罗尔（Lewis Carroll）的《爱丽丝漫游奇境》、英国作家查尔斯·金斯利（Charles Kingsley）的《水孩子》是幻想小说的代表作品。关于童话和幻想小说的区别，我会在后面为大家介绍。

那么，民间童话与创作童话有何区别？

第一个区别是，民间童话采用口语叙述的方式，创作童话采用书面语叙述的方式。二者之所以有这样的不同，是因为民间童话和创作童话的生成方式不一样。民间童话产生时，印刷机还没有出现，书籍还无法印刷，文字阅读也还没有成为普遍的阅读方式。那时候的童话是老百姓口口相传的，民间童话采用的自然就是口语叙述的方式。《格林童话》是由德国语言学家格林兄弟搜集整理的，二人在整理的过程中加入了自己的创作，但《格林童话》仍然具有口语化的特点，大家一读就能明白。即便是安徒生的创作童话《打火匣》，也具有口语化的特点。因为安徒生在创作童话时，特别是在早期的创作中，借鉴了民间童话，他的一些创作作品是在民间童话的基础上改写而成的。《打火匣》的开篇是："一，二！一，二！一个士兵迈步走在乡间的大路上。"这就是口语化的叙述方式。安徒生进入独创阶段后，其叙述语言就具有了明显的书面语特征。比如《丑小鸭》开头的一段文字是这样的："乡下的风景美丽极了！小麦金灿灿的，牧场绿油油的，树木郁郁葱葱，河水碧波荡漾。"这段文字已经不仅仅是叙述了，更多的是描写，而且带有作者本人的情感倾向。我们在阅读民间童话时，很少会发现作者个人的情感或者评价。

我认为，儿童要先学习口语，再学习书面语，这与民间童话和创作童话的语言特点相对应。所以，采用口语叙述方式的民间童话，小学低年级学生就可以学习。但是像《丑小鸭》这样用书面语写作的创作童话，我认为到小学中年级以后，学生学起来效果会更好。

第二个区别是，民间童话具有"模式化"的倾向，而创作童话具有"个性化"的倾向。

民间童话的很多方面可以体现出其"模式化"的倾向，我们在阅读民间童话时，难免会产生千人一面的感觉，这就是模式化的写法带来的阅读体验。

首先，民间童话的"模式化"表现在故事中人物的名字上。德国民间童话的主人公往往叫"汉斯"，英国民间童话的主人公多叫"杰克"，当然也有好多叫"汤姆"的，但还是没有"杰克"出现得多。我国民间童话里的人物，往往叫"张三""李四"。俄国的民间童话主人公多叫"伊万"。列夫·托尔斯泰的中篇童话《傻瓜伊万》的主人公就叫"伊万"。

其次，民间童话的"模式化"表现在故事中人物的性格上。在大多数民间童话里，一个人要是傻，他就会一直傻下去；一个人要是聪明，他就会一直聪明下去。人物的性格是基本没有变化的。

最后，民间童话的"模式化"表现在三段式的故事情节上。民间童话最喜欢"三"这个数字。我曾经统计过，《格林童话》一共包括两百一十多篇童话，在篇名里出现"三"字的就有二十多篇。童话里出现"三"字的就更多了。一个国王如果有儿子，往往是三个儿子；如果有女儿，往往是三个女儿。如果一个国王有三个女儿，邻国国王就得有三个儿子，他们见了面之后，大儿子娶大女儿，二儿子娶二女儿，三儿子娶三女儿，这些都是"模式化"的体现。而三段式的故事情节，与童话表现的主题有非常密切的关系。三段式故事情节中的前两次往往都要失败，第三次一定成功。如果童话中有三个儿子，三个儿子都去做同一件事的话，那老大、老二做这件事经常会失败，但老三一定会成功。所以，很多孩子在阅读民间童话时，都是以故事中的老三自居，因为他们都想成为成功者，成为英雄，实现人生的梦想。的确，在民间童话里，得到金银财宝的是老三，娶了美丽公主的也是老三，当上国王的还是老三，这些都是民间童话"模式化"的具体表现。

创作童话也会借鉴民间童话的某些写法，比如新美南吉的《去年的树》就借鉴了民间童话的三段式故事情节（小鸟分别向树桩、大门和小女孩儿打听好朋友树的下落），但表现的主题却与新美南吉个人的精神追求紧密相关。新美南吉渴望人与人之间，甚至人与世间万物之间有那种心灵的、情感的沟通，所以他用《去年的树》来表达自己内心强烈的愿望。虽然三次反复的写法我们很熟悉，但小鸟和大树之间的故事却是独创的，有着作者鲜明的个人风格，这样的故事我们不会有似曾相识之感。因此，老师们在讲民间童话时，可以忽略作者（民间童话往往没有一个具体的作者），但如果讲解那种有着个人独特风格的创作童话，应适当地把作者的个人经历介绍给学生，这样更有利于学生加深对文本内涵的理解。

三、童话与幻想小说的区别

童话与幻想小说的区别其实是一个比较大的话题，我在这里先讲二者之间最重要的一个区别，那就是童话具有"一次元性"而幻想小说具有"二次元性"。

"一次元性"是什么意思呢？我用《格林童话》中的《青蛙王子》来解释。这个童话故事讲述了一个公主喜欢在水潭边抛金球。有一次，她抛起的金球落入水潭，不见了踪影，她伤心地哭了起来。这时，一只青蛙从水里游了上来并告诉公主，他可以帮公主把金球捡上来，但是公主要答应做他的朋友，和他一起玩耍，一起用餐，一起睡觉。公主为了得到金球就假装同意了。可是，公主拿到金球后，转身就跑了，她不想和青蛙交朋友。第二天，国王一家正要开始吃饭，青蛙跑来敲门。公主把前一天发生的事情告诉国王。国王便让公主履行诺言。青蛙要坐在餐桌上吃饭，公主就让他坐在餐桌上。青蛙又要坐在公主的身边，公主虽然很反感，但是也同意了。吃完晚饭后，公主要上楼去休息，青蛙也要跟公主一起休息。公主忍无可忍，抓起青蛙向墙上摔去，结果摔到墙上的青蛙落到地上，变成了英俊的王子。原来青蛙的前身是英俊的王子，他受了诅咒，变成了一只青蛙。王子和公主成了最好的朋友，他们还结了婚。

童话的"一次元性"是指童话中的各个人物都处在同一个空间里。《青蛙王子》的"一次元性"体现在哪里呢？体现在公主讨厌青蛙是因为青蛙的样子难看，而不是因为青蛙能开口讲话。对青蛙能开口讲话这件事，公主一点儿都不奇怪。试想一下，如果你走在乡间小路上，一只青蛙突然跳出来跟你打招呼，你会不会被吓坏？你肯定会一溜烟地逃回家，回到家后也许还惊魂未定，然后吃不下饭，睡不着觉，总想着一只青蛙怎么会开口讲话。你的这种感觉，就是"二次元性"的。

我以我国儿童文学作家张天翼的《宝葫芦的秘密》为例，说明幻想小说"二次元性"的特点。这部长篇作品1958年首次出版，我认为它是我国有先驱性的幻想小说作品，张天翼使用的手法表现了幻想小说的"二次元性"。

《宝葫芦的秘密》的主人公王葆曾听奶奶讲过很多民间童话，他知道民间童话里的宝葫芦可以满足人的各种愿望，因此他一直渴望得到一个宝葫芦。有一次，王葆去钓鱼时，真的就钓到了宝葫芦。他觉得非常吃惊和诧异，然后又开始怀疑自己是在做梦。他使劲拧了一把自己的腮帮子，并最终确认自己不是在做梦。他带着宝葫芦回到家，在和宝葫芦讲话的时候被奶奶听到了，奶奶问："你跟谁说话呢？"王葆回答："没有谁，我念童话呢。"

民间童话中的主人公不把这种幻想事件当成特异事件。比如，在《格林童话》里，拥有会开饭的桌子的主人公会直接展示他的桌子，并请别人吃饭。但是幻想小说里往往不会出现这样的描写，王葆回答奶奶的是"没有谁，我念童话呢"。王葆不能告诉奶奶自己拥有了宝葫芦，因为奶奶不会相信这件事。

这样的写法，在郑渊洁的作品里也曾经出现过。在《皮皮鲁和罐头小人》里，鲁西西得到了一个罐头。她打开罐头后发现里面有五个小人儿。但是皮皮鲁和鲁西西不能让爸爸妈妈知道这件事，因为他们不知道爸爸妈妈会怎么对待这五个小人儿，他们心里没谱，所以要隐瞒这件事。

幻想小说的"二次元性"还体现在作品中既有对现实生活的描写，也有对幻想世界的描写，而在现实世界和幻想世界之间可能还存在一个通道。比如，在英国作家克莱夫·斯特普尔斯·刘易斯（Clive Staples Lewis）的"纳尼亚传奇"中的《狮子、女巫和魔衣柜》中，现实世界和幻想世界之间的通道就是大衣柜后面的门。再比如，在大家熟知的"哈利·波特"系列小说里，由现实世界进入魔法世界的通道是九又四分之三站台。起初哈利·波特在面对九又四分之三站台时是迟疑的，他不敢冲进去，因为作为一个现实世界中的人，他不相信冲进一堵墙就能进入另一个世界。

以上都是幻想小说的"二次元性"。进入现代社会之后,由于科学技术的发展,我们开始不太相信幻想世界真实存在。但作家仍有表现幻想精神的愿望,还想要把故事写得让现代人能够相信。怎么办呢?作家就采用了这样一种"二次元性"的表现方式,通过确认幻想世界与现实世界能够发生交集、产生互通,来说服现代人相信幻想作品的真实性。

童话与幻想小说还有读者年龄上的区别。童话的读者年龄更小,而幻想小说的读者年龄更大。大部分小学低年级的读者是相信童话的,但是随着年龄的增长,比如到了小学中高年级,他们渐渐不太相信民间童话或者创作童话的"一次元性"。这时,幻想小说可以以独特的写法说服年龄稍大的儿童读者,让他们相信这样的故事还是有发生的可能性的。

四、童话的阅读教学

1. "天真的方式"

我认为,老师们在童话阅读教学中应该坚持"天真的方式"这样一个教学原则。所谓"天真的方式",就是信赖并相信文学作品创造出的想象世界,用美国文学批评家希利斯·米勒(J. Hillis Miller)的话说,就是要天真地、孩子般地投入阅读,没有怀疑、保留或者质询。

希利斯·米勒是非常有名的文学批评家,他在著作《文学死了吗》中介绍了两种阅读方式,一种是"天真的方式"[1],另一种是"去神秘化的方

---

[1] 米勒. 文学死了吗 [M]. 秦立彦, 译. 桂林: 广西师范大学出版社, 2007: 180.

式"①。希利斯·米勒认为，后者主要指向文化研究，而前者是属于儿童的。对于"天真的方式"，他的评价非常高。

> 小时候我不想知道《瑞士人罗宾逊一家》有个作者。对我而言，那似乎是从天上掉到我手里的一组文字。它们让我神奇地进入一个世界，其中的人们和他们的冒险都已预先存在。②

也就是说，幼年的希利斯·米勒相信故事里的事件、人物都是预先存在的，而不是作家用语言编造出来的。

当他成年后，特别是当了文学教授以后，他改变了想法。

> 我不乐意有人告诉我，标题页上的那个名字就是"作者"的名字，这些都是他编出来的。……那难道不过是孩子的幼稚，还是我回应着文学的某些基本特质？现在我年纪大了，也聪明多了。我知道《瑞士人罗宾逊一家》是一个叫约翰·大卫·威斯的瑞士作家在德国写的，我读的是英译本。但我相信我的童年经历是真切的。它可以为回答"何为文学"这一问题，提供一条线索。③

实际上，我是将希利斯·米勒的"天真的方式"这样一个提法运用到童话阅读教学中。

我们要承认童话故事的幻想性或假定性，而不要去用现实逻辑否定童话的幻想或假定逻辑。我举几个例子加以说明。

我举的第一个例子是《黑猫警长》。《黑猫警长》最初是一部中篇童

---

①②③ 米勒.文学死了吗[M].秦立彦，译.桂林：广西师范大学出版社，2007：180，23，24.

话，后来被拍成了动画片。我儿子小的时候特别喜欢《黑猫警长》，每天晚上都会搬着小板凳坐在电视机前准时收看。《黑猫警长》动画片里有一个情节是黑猫警长去追捕一只偷东西的老鼠（童话故事的作者往往把老鼠写成小偷），对老鼠开了一枪。子弹一直追着老鼠，老鼠一边惊恐地回头看子弹，一边往前跑。在子弹就要打到老鼠的时候，老鼠撞到柱子倒在了地上。子弹继续往前飞，可没过一会儿，子弹就调头往回飞，然后"啪"地把老鼠的耳朵打掉了一只，黑猫警长就把老鼠抓住了。从此，这只老鼠就叫"一只耳"。这就是童话里典型的幻想性情节。

当时有人写文章提出批评，认为子弹会拐弯的情节是在向儿童传达一种不正确的知识。《黑猫警长》动画片的一位编导谈到这个问题时，说在现实中可能没有会拐弯的子弹，但是我们现在已经发明了可以追踪的导弹了，所以今后我们完全可能创造出能够拐弯的子弹。这个情节是一个科学幻想，对小孩子是无害的。我个人觉得批评文章的观点和编导的解释都不对，因为在年幼孩子的心灵世界中，黑猫警长射出的子弹会拐弯是正常的事。童话故事反映出的是孩子们想象中的世界。黑猫警长射出的子弹会拐弯，和《格林童话》里桌子会开饭、驴子会拉金子一样，都是对孩子们愿望世界的呈现，是一种幻想性情节。

我举的第二个例子是新美南吉的童话作品《小狐狸买手套》，故事大意是这样的。

在寒冷的冬季，狐狸妈妈决定晚上去镇上给小狐狸买手套。到了晚上，小狐狸跟着妈妈来到镇上。结果一见到镇上的灯光，狐狸妈妈就害怕起来，她想起自己的一个朋友因为偷人家养的鸭子而差点儿害她丢了小命。狐狸妈妈实在太害怕了，只好把小狐狸的一只手变成小孩子的手，然后让小狐狸自己到镇上去买手套。狐狸妈妈反复嘱咐小狐狸，一定要用变成人手的这只手递铜币，千万不能把另一只手伸出去。可是小狐狸买手套时，心里一慌，就伸错了手。卖手套的人在确认小狐狸的钱是真的后，便递给小狐狸一双温暖的手套。小狐狸拿着手套回到妈妈身边，对妈妈说：

"妈妈，人其实一点儿都不可怕！"

日本的一些学者对童话中的狐狸妈妈提出了质疑：这个狐狸妈妈哪里像个妈妈，自己怕到镇上去，却让孩子单独到镇上买手套。我曾经写过一篇论文，专门讨论研究《小狐狸买手套》的情节及思想性，并对上述观点提出了批评。我们不能用适用于现实主义小说的标准来衡量童话。在现实中如果哪位妈妈那样做，的确是有问题的。但是在这种具有民间童话风格色彩的创作童话里，人物都是轻信他人的。狐狸妈妈既然已经把小狐狸的一只手变成了小孩子的手，而且千叮咛万嘱咐不能伸错手，也给了小狐狸真的铜币，那么就没有问题了。童话故事的作者常常会打破人物事先交代好的事或承诺，让故事出现新的结果，这是童话故事的魅力所在。所以我个人认为，《小狐狸买手套》作为童话作品，就不存在狐狸妈妈不称职、对孩子没有真正的母爱这个问题。

阅读课通常有一个课程导入的过程。在教学实践中，有些课堂的导入是很精彩的，但也有一些导入设计得不自然，或者说导入的内容与阅读文本的内容没有内在联系。一些老师在执教童话时，没有深入理解童话文本，设计的导入内容与童话的内涵相距甚远。

我举的第三个例子是我国著名儿童文学作家汤素兰的童话作品《红鞋子》。我个人非常喜欢这个短篇童话，我认为写得非常棒。故事内容是这样的。一只红鞋子在孤单地想念着另一只红鞋子的时候，遇到了独自生活的小老鼠。红鞋子在小老鼠的帮助下找到了另一只红鞋子，也让孤单的小老鼠感受到了爱，产生了有另一只小老鼠在等待自己的渴望。

我在微信公众号上看到一篇文章，其中谈到了汤素兰的《红鞋子》。这篇文章中有两个导入问题，分别是"你最喜欢哪一种鞋子？为什么？""鞋的主要作用是什么？"这是很现实的问题，但这样的问题和理解汤素兰的《红鞋子》有什么关系呢？作者是用拟人的方式来写这个故事，故事中红鞋子的行为方式、心理特点表明它已经不是现实中的鞋子了，而是有着和人一样的精神世界。如果教师导入时问如此现实的问题，就会和童话文体发生冲突和矛盾。我觉得上述两个导入问题都是有很大问题的。

在《红鞋子》的结尾有这样一个情节：在回家的路上小老鼠想，要是有一只小老鼠在等他回家该多好。我们从这里能明显看到小老鼠的精神世界产生了变化，这种表现已经不是一只小老鼠的表现了，而是我们人类心灵世界的表现。面对这样的文字、这样的表现，我们要用读童话的方式去阅读、解读。可是上述文章针对这部分内容介绍的竟是自然界老鼠的繁殖能力：老鼠一年可以怀多少胎，每胎可以生几只。最后还说了这样一句话："对老鼠而言，最重要的需求就是延续基因。"可是在童话《红鞋子》里，小老鼠有了精神上的期待和愿望，它盼望着有一只小老鼠在等待他回家。强调老鼠的繁殖能力，这样的教学设计十分不妥，和童话故事的内涵毫无关联。

我个人觉得在这篇文章中，不论是课程导入中关于鞋的作用等的问题，还是结尾处对自然界老鼠繁殖能力的强调，都与理解童话的内涵无关，反倒会阻碍学生的理解。

我举的第四个例子是《格林童话》中的《幸运的汉斯》。故事讲述了汉斯在财主家工作了七年没有回过一次家。他非常想回家看看妈妈。在他回家之前，财主给了他一大块很重的金子。汉斯抱着这块金子在路上走得很累、很辛苦。他看见一个人骑马过来，觉得自己要是能骑马该有多轻松，于是用这块金子换了那匹马。但是，马跑得很快，把汉斯甩了下来。他又看到一个人牵着一头奶牛，觉得奶牛很听话，渴了还能有牛奶喝，于是用马换了奶牛。但是，他挤奶的时候被奶牛踢晕了。他醒来后，看到一个人抱着一只小肥猪，觉得奶牛不仅踢人，牛肉还不好吃，于是又用奶牛换了小猪。再后来，汉斯又遇到一个抱着大鹅的人，抱着鹅的人听了他的经历之后，告诉他这头小猪可能是偷来的，于是汉斯赶紧用自己的猪换了那只鹅。最后，汉斯又用鹅换了两块石头，可是连石头也掉到井里了。此时汉斯一无所有了，可他却觉得自己很幸运，因为他终于能一身轻松地回家了。很快，他两手空空回到了家。

在这个故事里，汉斯最大的愿望是尽快见到妈妈，而大金块、马、奶牛、猪、大鹅以及最后那两块石头，其实都阻碍了汉斯早日实现愿望。有人说，怎么能用那么大一块金子换一匹马呢，傻子都不会这么做生意。我们不能用现实的逻辑来评价汉斯。这个故事最核心的内涵是汉斯想尽快见到妈妈，而那些身外之物都成为他尽快见到妈妈的阻碍。虽然一大块金子意味着很多财富，可是这样的财富和见到妈妈相比，就显得没有那么重要了。由这个故事，我想到了民间童谣《馒头花》。《馒头花》和《幸运的汉斯》的内涵是相通的。作者虽然对汉斯的行为做了夸张的描写，但我觉得这个故事是要体现汉斯大智若愚，而不是在讽刺汉斯呆傻。

即使是在小学中高年级教童话，教师也应遵守英国诗人塞缪尔·泰勒·柯尔律治（Samuel Taylor Coleridge）的"延迟怀疑"理论。"延迟怀疑"是指一种文学效果——读者在开卷之前或掩卷之后，都能够意识到故事是作者虚构出来的，但是在阅读作品的过程中，却相信作者讲述的故事是真实的。越是好的作品，越容易让读者相信作者讲述的故事是真实的。所以，在教授和讨论童话故事时，教师没有必要捅破"假定"或者"幻想"这层窗户纸。学生即使放下书后不相信童话中的故事真的发生过，但是在阅读时也会保持"延迟怀疑"这个状态。

在现实生活中，我们也会看到个别学生怀疑童话故事的假定性。当然，被怀疑的还不仅仅是童话故事。在一节《夸父逐日》的公开课上，一个男孩儿站起来说："这是哪个小坏蛋编出来的故事？谁会信以为真呢？"我个人认为这个男孩儿很可能从小没有很好的听故事、读故事的体验，对文学的理解力不够。

我再举个例子。个别四五岁的幼儿在听《拔萝卜》的时候，也许会问："小猫看到小老鼠的时候怎么不一口把它吃掉？"这也是不会读故事的表现。我想到多年以前我在街上听到一位爸爸教自己四五岁的女儿：月亮白天是多少度，晚上是多少度，月亮上面根本就没有生命存在。我个人认为，如果只给四五岁的孩子讲这些科学知识，却不注重培养孩子对文学的理解力，会对孩子的文学阅读欣赏能力造成伤害。

2. 教学示例：《去年的树》的阅读教学

在讲《去年的树》的阅读教学之前，我们先看一下由我翻译的故事文本。

去年的树

有一棵树，它和一只小鸟是非常要好的好朋友。小鸟整天在这棵树上唱歌，树整天聆听小鸟的歌唱。

可是，寒冷的冬天已经临近，小鸟不得不与树分别了。

"再见了。明年请你再回来，让我听你的歌声吧。"

"好啊，你等着我吧。"小鸟说着，向南方飞去。

春天回来了，田野和森林里的冰雪融化了。

小鸟又飞回到它的好朋友——去年的那棵树身边来了。

可是，这是怎么回事？去年的树不见了，只有树桩留在那里。

"这里的树到哪里去了？"小鸟问树桩。

树桩说："伐木人用斧头把它砍倒，然后运到了山谷那儿。"

于是，小鸟向山谷的方向飞去。

山谷那儿有一座很大的工厂，里面发出"嘎吱嘎吱"的锯木头的声音。

小鸟落在工厂的大门上，问道："大门先生，你知道我的好朋友——树现在怎么样了吗？"

门回答说："树啊，它在工厂里被锯成小木棍，做成火柴，卖到了那边的村子里。"

于是，小鸟又向村子的方向飞去。

  油灯的旁边,坐着一个小女孩儿。

  小鸟问她:"请问,你知道火柴在哪里吗?"

  小女孩儿告诉小鸟:"火柴烧没了,可是,它点燃的火苗还在油灯里燃烧着。"

  小鸟定定地注视着油灯的火苗,然后为火苗唱起了去年的那支歌。火苗微微地摇晃着,似乎心里十分高兴。

  唱完那支歌,小鸟又定定地看了火苗一阵,然后飞走了。

  一位老师在执教《去年的树》时,从一开始就提出了偏离课文的问题,还出示了有关大树和小鸟的视频。我个人不主张把真实的大树和小鸟展示出来,我倒觉得学习《去年的树》,根据文字去想象要比看视频的效果更好。因为视频一下子就把人物形象具象化了,束缚了学生对小鸟和树的想象。那位老师还设计了这样的问题:"一棵树和一只小鸟是好朋友,小鸟天天站在树枝上给树唱歌,树天天听着小鸟歌唱。小鸟会唱什么歌呢?"然后教师让学生明确回答,小鸟会唱什么歌,歌词内容是什么。课文里没有具体交代歌词内容,而且歌词内容和故事的主题没有什么关系,所以作者根本就没有想到要写小鸟具体会唱什么样的歌。但既然老师提出了这个问题,学生就得回答,一个学生说小鸟唱的是"朋友啊朋友……"说到这里就没词了,大家都笑了起来。老师不断鼓励:"能自己创编吗?试一试!"学生就开始往下编,但是怎么编都编不出来,最后又出现笑场,课堂效果不好。这位老师设计的教学内容和《去年的树》表现的内容没有关系,甚至是相背离、相矛盾的。他在某些方面把《去年的树》的含义理解错了。

  抓住课文中的某一点,比如说小鸟唱歌,然后让学生说出歌的具体内容,设计这样的教学环节是很容易的。但是要抓住课文的关键点和真正的内涵,却是很难的。而抓住这些关键点,找出文章最重要的内涵,才是在教阅读。偏离课文,另起炉灶,把学生的关注点引到课文之外,对培养学生的阅读能力是没有什么帮助的。

一位老师在执教《去年的树》时提出了这样的问题:"这篇童话很有特色,它是通过对话来展开故事情节的。全文中一共写了几次对话?分别是哪几次?"我觉得这样的设计接近这篇童话的关键之处了。我之所以说是"接近",是因为这位老师关注的是询问,而没有关注寻找。小鸟询问树桩、大门和小女孩儿,其实是为了寻找自己的好朋友,寻找比询问更为重要。还有的老师指出故事里出现了四次对话,认为这四次对话构成了这篇童话最重要的内容。关注到这个故事中的对话是值得肯定的,但是说一共有四次对话,应该是把大树和小鸟的对话也加了进来。大树与小鸟的对话和后面小鸟询问的对话性质是不同的,我们应区别对待。

《去年的树》是很典型的童话,作者运用了反复的叙事手法。在这个文本里,三次寻找很重要,三段式的叙事结构既是内容也是形式。所以,在进行阅读教学时我们要抓住这一关键点,把学生的注意力引导到"三段式的叙事结构"上来,引导学生感受小鸟对友情的执着、对诺言的信守。

如果让我来设计,我会给《去年的树》设计这样的问题:"小鸟发现好朋友不见了以后,都问了哪些人?"我设计这个问题是为了引出三段式的叙事结构。要回答这个问题,学生就要说小鸟第一次问了树桩,第二次问了大门,第三次问了一个小女孩儿。我会继续问学生:"小鸟向树桩、大门和小女孩儿打听树的下落,目的是什么?"当然,学生很容易就会回答说为了找到好朋友树,那我就会接着追问一句:"小鸟找到好朋友树了吗?"我提这个问题是想确认三次寻找的结果。如果学生回答说找到了,我会问学生:"你从课文的哪些语句中看出小鸟找到了好朋友树?"我提这个问题,是为了做文本细读,将语文学习落到实处。最后一个问题是"从小鸟对不见了的树的三次寻找中,你能感受到什么?"这个问题很重要,我希望学生能感受到小鸟对友情的执着及对诺言的信守。如果学生的水平比较高,我还会问一个问题:"如果小鸟只找一次就见到了好朋友,你还会不会有这样强烈的感受?"以上这些问题都是为了引导学生去感受三段式叙事结构的重要性。

问与答

问：现在的学生越来越理性，如果我们在课堂上遇到有学生质疑童话的假定性，应如何引导呢？

答：教师要结合自己班上学生的情况进行具体分析。比如，提问题的学生是不是缺乏阅读童话的经验？还是说学生有足够的经验，是在深思熟虑后提出这样的问题的？不管怎样，教师要有明确的态度，不要有任何的犹疑。可能有的学生心里隐隐地有些疑问，但看到教师态度坚定，就会选择信任教师，然后真正走进童话故事的世界，阅读障碍可能就会消除。

如果学生问教师："老师，这个童话故事是真的吗？"教师当然可以告诉学生童话故事是虚构的，它所表现的事情和人物未必是真实存在的。但同时教师还要告诉学生，在阅读童话故事的时候，不要用现实中的知识或者现实中的感觉去质疑童话作品的内容，因为童话故事发生在作者的想象世界中。当然，教师也可以向学生介绍——这需要教师对童话这种文体产生时人类的心智条件有所了解——童话故事刚刚产生的时候，人们都是相信的，我们现代人因为掌握了科学知识，渐渐地不再相信这些童话故事了。但是童话故事仍然有它的价值，它能让我们抱着超越生活的愿望和理想去生活。

到了小学高年级，学生会阅读幻想小说。如果老师能够陪伴自己的学生从童话读到幻想小说，学生对幻想儿童文学的认识就会比较完整。我们当然可以与学生正面讨论文学作品中的幻想世界到底存不存在的问题，但同时我们更应和学生讨论，作者在文学作品中表现和创造这样的幻想世界，对于生活有什么样的积极意义。人类的幻想精神是与生俱来的，这种幻想精神对生活有着积极的意义。在人类社会早期，人类幻想可以像鸟一样在天空中飞翔，所以出现了阿拉伯民间故事里的飞行毯、我国民间童话里的千里靴。这种幻想精神推动我们一步一步地创造了更理想的生活——我们有了飞机,有了宇宙飞船,不仅可以从地球的这一头飞到地球的那一头,还可以在宇宙中漫游。老师们要是能把这些东西联系起来,语文阅读教学的内涵就会更加丰富。

第六章 / 绘本的艺术特点与阅读教学

在很多发达国家绘本已经成为阅读教学的重要资源。在很多国家，小学低年级的老师会把绘本带到语文课堂上，和学生一起阅读。在日本的小学语文教科书中，绘本也是非常重要的教学资源。日本的小学语文教科书收入了美国作家李欧·李奥尼（Leo Lionni）的《小黑鱼》、日本作家大塚勇三和日本画家赤羽末吉的《苏和的白马》、美国作家艾兹拉·杰克·季兹（Ezra Jack Keats）的《彼得的椅子》等经典的绘本作品，而且绘本中几乎所有的图画都被一起收入了教科书。

在这种情况下，我们对绘本有一个正确的认识就显得非常重要。我认为，绘本里丰富而珍贵的宝藏，我们没有都读出来；绘本里的那些根本性奥秘，我们没有都弄懂。我之所以这样讲，是因为我们对绘本的一些根本性的艺术特点的研究其实还不到位。

一、绘本的艺术特点

绘本是一种综合的艺术，它涉及很多学科知识，包括文学（特别是儿童文学）、美术、语言学、教育学、心理学等。掌握这些学科知识，有助于我们了解绘本到底是一种什么样的艺术。

1. 绘本是一种媒介

我认为，要弄清楚绘本到底是一种什么样的艺术，一个根本的出发点是媒介理论。也就是说，我们首先要将绘本当成一种媒介来看待。如果不这样做，就难以将绘本到底是一种什么样的艺术这个问题弄清楚。我想到了加拿大原创媒介理论家马歇尔·麦克卢汉（Marshall McLuhan）的著名观点。他认为，媒介即信息，每一种媒介都在传达信息，不同的媒介会传达不同的信息。曾出版《童年的消逝》和《娱乐至死》的美国著名媒介文化研究者尼尔·波兹曼（Neil Postman）认为，媒介即认识论。结合这些观点，我们也可以说绘本是一种崭新的独特的认识论，它用一种新形式为我们提供了一种不同于以往任何书籍的，对于世界、人生的不同看法。

绘本基本上是由语言文字和绘画这两种媒介构成的。当然，在一些特殊的情况下，还会加入其他媒介。比如，在美国作家艾瑞·卡尔（Eric Carle）的《好安静的蟋蟀》的最后一页，本来安静的蟋蟀发出了叫声，这就是增加了声音媒介。但是在绝大多数情况下，绘本是由语言文字和绘画这两种媒介构成的。

（1）绘本中的语言文字

下面我将讨论一下这两种媒介在传达信息、表情达意的时候，各具备什么样的功能。我们先看语言文字。语言文字在传达信息时具有抽象性和不明确性。语言文字的抽象性是指，语言文字作为一种符号，本身并不能直接呈现所指事物的本来面貌。比如，我们看到汉语的"太阳"这两个字，并不会直接看到太阳的形状。有人会说，在我国古代的金文里，"日"是一个圆圈中间加一点。确实，语言文字在刚刚诞生的时候具有极强的象形功能，但是在发展的过程中变得越来越抽象。我们现在从绝大多数汉字身上，已经看不到事物的本来面貌了。至于像英语这样的拼音文字，从它的文字本身就更看不到文字所指事物的本来面貌了。

语言文字的不明确性主要是指语言在描述表情、形状、色彩等时具有模糊性。比如，"含情脉脉"是描述人的表情的词语，但是它并不能具体呈现出含情脉脉是一种什么样的表情，也就是说它不是具体的，是不明确的。假设大家都没有见过大象，不知道它长什么样，恰巧我手里有一幅大象的绘画，然后我用语言向大家描述大象的样子："这种动物长得很高大，有四条粗壮的腿，有大大的耳朵、长长的鼻子，皮肤很粗糙。"假如我要求大家按照我的描述画出大象的样子来，会出现什么结果？也许每个人的画完全不同，而且很多人画出的"大象"和我手里的大象相去甚远。为什么会出现这种情况？因为我在用语言描述大象的时候，没有办法把大象的外貌说得非常明确，造成了不明确性。

语言文字具有抽象性和不明确性，但是它在表达意义方面，特别是在表达抽象事物的时候，比如时间、身份、人物之间的关系，还有人内在的心理活动等，却具有规定性和明确性，而规定性和明确性对于阅读来说又极为重要、不可或缺。如果我们在阅读中获得的信息都是不明确的、没有规定性的，阅读就无法进行。所以从这个角度来讲，语言文字对阅读来说非常重要。美国著名绘本作家尤里·舒尔维兹（Uri Shulevitz）曾说，一本真正的绘本主要或全部用图画讲故事，他的言外之意是绘画起了主要作用。我个人是不认同这个观点的，绘画和语言文字都起了非常重要的作用。

美国作家苏珊·玛丽·斯万森（Susan Marie Swanson）的绘本《夜色下的小屋》曾获得美国凯迪克金奖。我们在欣赏这个绘本时，必须将文字与绘画结合起来才能看明白，如果只看画面，可能很难搞清楚作者想表达的是什么意思。例如，书中有一页画的是屋里亮着灯，一家人往屋里走。只看画面我们很难猜出这是早晨还是晚上。灯亮着，也许是傍晚，也许是清晨；太阳似乎是要落山，又好像是正要升起。但书名给了我们重要的信息，为我们理解这幅画指引了方向。如果没有文字，我们会以为作者想表达的是一个孩子在家门前迎接爸爸妈妈回来，而文字引领我们把关注点放在小屋里亮着的灯上。

那么，绘画在传达信息时有什么样的特性呢？绘画具有具象性，这是显而易见、不言而喻的。但是绘画也有它的短处，它在表现意义的时候具有暧昧性。

绘本《这不是我的帽子》是加拿大作家乔恩·克拉森（Jon Klassen）非常著名的、很有创意的同时也备受争议的作品。在这本绘本里，连贯的绘画非常清楚地告诉读者，帽子从小鱼的头上换到了大鱼的头上。但是，绘画本身几乎没有提供关于这顶帽子的明确的信息，无法准确表达作品的主题。但借助绘本中简洁的文字说明，我们就不仅知道这顶帽子的主人是谁，而且还知道人物之间的关系，进而思考这个故事的主题。

而李欧·李奥尼的《小蓝和小黄》中的语言，可以说具有点石成金的力量。比如，其中一页有很多色块，如果没有文字，信息十分暧昧，是画中的文字告诉我们"小蓝有好多朋友"。有了文字，这些色块才有了明确的意义。另一页上有一个蓝色色块和一个黄色色块，如果没有文字，有人可能会猜测这两个色块是冤家对头，它们在吵架。可是文字告诉我们小蓝最好的朋友是小黄，让我们明确了两个色块的关系。

绘画还难以表现时间以及人的身份、关系等抽象的事物。在《我的爸爸叫焦尼》里，狄姆跟爸爸焦尼到披萨店去吃披萨，店员是一个小伙子。店员和狄姆是什么关系？仅仅靠绘画我们无从知晓，可是语言文字告诉我们，店员和狄姆住在同一个公寓楼里。因为他们认识，所以狄姆才会挺起胸脯对店员说："今天我和爸爸在一起，他叫焦尼。"在这里，人物关系是语言文字交代出来的。另外，绘画也不能表现具体的对话内容、拟声词和歌声等，这些都需要靠语言文字来完成。

（2）绘本中的绘画

前面几组例子说明了绘本中的语言文字发挥的重要作用，我们现在再谈谈绘本中的绘画具有的独特功能。我们上面说过，绘画在表现意义时具有暧昧性，但是，如果对这种暧昧性善加利用，让它和文字传达的信息结合在一起，就会产生一种隐喻性的效果，加强绘本的艺术表现力。

我举一个例子。在英国作家安东尼·布朗（Anthony Browne）的绘本《大猩猩》中，女孩儿安娜非常喜欢大猩猩，她看有关大猩猩的书，画了很多大猩猩，还让爸爸带她到动物园去看大猩猩。但是爸爸工作很忙、很累，没有时间陪安娜。书中有这样两个页面，上一页中的文字有"爸爸从来不陪她做什么"，下一页画的是安娜在一个房间角落里看电视，这个房间里没有任何家具，只有一台电视。我认为这个画面是作者精心设计的。这个画面表达的是什么意思呢？有一位评论家认为，安娜的内心很孤独，她处在黑暗的环境中，好在电视机的光还能把她照亮。可是在这个画面里，电视机的光更让我深切地感受到安娜的孤独，甚至能感受到安娜内心的寒冷。因为电视机的光不是暖光，而是冷光，是冷冰冰的机械发出的光。安娜想要的不是这样一种光，而是另一种光。这些都是我将语言文字和绘画结合起来才解读出来的，语言文字没有告诉我。

在爸爸终于要带安娜去动物园的那幅画里，我们看到墙上挂着安娜画的一幅画。在安娜的这幅画中，安娜牵着爸爸的手，他们的后面有一个房子，房子旁边有一棵树，一个金灿灿的太阳照耀着他们。我一看到这幅画就想起我小时候画的画。我小时候画画，会先画一个小房子，房子旁边画一棵树，然后在房子的背后画一片远山，远山上一定再画一个太阳。我相信很多人小时候都画过这样的画，因为对一个孩子来说，充满父爱母爱的家是我们内心中最想要的东西。安娜的这幅画就表现了她的这种愿望。在安娜的画中，安娜和父亲在一起，他们身后是高高的、放射光芒的温暖的太阳。所以，安娜要的光来自爸爸。好在在安娜过生日时爸爸给她买了礼物，还带她去动物园看大猩猩。

书的最后一页写的是"安娜好快乐"。安娜为什么好快乐？因为她想要的能给她带来温暖阳光的爸爸回来了。绘画也暗示了这样的信息：她和爸爸走进了温暖的阳光里。绘画给我们带来了具有隐喻性的意义。

在《大猩猩》里，还有很多绘画设计表达了隐喻性的意义。绘本中有一页画的是安娜与爸爸在厨房吃早餐，他们面对面坐在餐桌上，但安娜平视的时候，看不到爸爸，只能看见一张报纸。安娜渴望得到爸爸的关爱，但她和爸爸中间却隔着一张报纸，这是有寓意的。厨房的摆设也有点儿特别。不仅毛巾是网格状的，连盘子、杯子、地板、墙壁也都是网格状的。我们再看爸爸，他是不快乐的，而且这种不快乐的表情后来又出现了。大猩猩带安娜去动物园看笼子（让人联想到厨房里的那些格子）里的婆罗洲的大猿猴、非洲的黑猩猩，安娜觉得虽然这些猿猴、猩猩都很漂亮，可是它们好像都不快乐。爸爸的表情和动物园里的大猩猩的表情很相似。这些带有隐喻性的绘画传达了什么信息呢？我认为绘画传达的信息是爸爸的生活也很不快乐，他像笼子里的猩猩一样，其实也居于牢笼之中。而这个牢笼是谁打造的呢？其实是我们人类自己打造的。好在后来安娜的爸爸醒悟了，他要给女儿充满父爱的阳光生活。这个时候爸爸的精神面貌完全改变了。他穿着牛仔裤、红毛衣，对生活充满了热情，脸色也变好了。这些绘画传递出的信息，增加了绘本的艺术表现力。

正是绘画具有的隐喻性，使绘本成为一种表现的艺术。与表现的艺术相对应的是什么呢？是说明的艺术。我们可以试想一下，如果《大猩猩》的作者用语言将绘画中隐含的意义直接说出来，那么，绘本就不是表现的艺术，而变成了说明的艺术。这样一来，绘本的艺术表现力就会大打折扣。

我个人认为绘本是最具有创意的书籍，它不仅需要文字作者（当然有的时候文字作者和绘画作者是同一个人）在写作上有创意，还需要画家在人物的造型、画面的构图等上有创意。我们以日本作家宫西达也的《好饿的小蛇》为例进行说明。小蛇每天都出去散步，它吃了很多东西，每次都是"咕嘟"一口吞下。到了第六天，小蛇遇到了一棵结满红苹果的苹果树。小蛇爬到树上，张开大口，还是"咕嘟"一下，把这一整棵树都吞到肚子里去了。结果怎么样呢？小蛇把整棵苹果树都消化掉了，还说："啊——真好吃。"这样有趣的故事有什么寓意呢？寓意就藏在宫西达也的设计之中。好饿的小蛇头上戴的是一顶"王冠"。宫西达也为什么要给小蛇戴上一顶"王冠"？因为在孩子们的心目中，只有了不起的人才能戴上王冠。宫西达也认为小蛇是了不起的，它不仅能将整棵苹果树都吞掉，还能消化掉。宫西达也想要通过小蛇表现成长中的孩子身上所具有的那种无限的可能性。

综上所述，文字和绘画是"尺有所短，寸有所长"。对于绘本来说，这种关系最关键、最具决定性、最有价值的地方在于，语言的短处恰恰是绘画的长处，语言的长处恰恰是绘画的短处。绘本把两个媒介结合在一起，这两个媒介可以互相取长补短，这样绘本就成了最具艺术可能性的艺术形式。这就是绘本的奥秘所在，绘本的其他种种特性往往都是由这个奥秘派生出来的。

2. 绘本是一种统合了视觉和听觉的艺术

如果我们从媒介理论的角度研究绘本，还会发现绘本的另一个奥秘——绘本是一种统合了视觉和听觉的艺术。从成人读者的角度来看，绘本只是视觉的艺术。但绘本也面向年幼的读者（绘本主要是面向幼儿的，当然有些绘本可以作为小学低年级的阅读教学材料），他们往往不具备识字能力，需要大人为其讲述语言文字。这时，媒介就发生了变化：我们大人在给孩子讲绘本时，将书面语言变成了口头语言。口头语言是诉诸人的听觉的，孩子们是用耳朵听的方式来理解的，他们的眼睛就被解放出来了。当孩子们的眼睛只需要专注地观察图画时，绘本才真正施展出它的魔法。它的魔法是什么呢？是松居直所讲的"用耳朵听来的语言，不断地使画面活动起来，形成更为广阔的世界"[1]。松居直一直强调的绘本阅读的一个原则是"绘本不是让孩子自己阅读的书，而是大人读给孩子听的书"[2]。欣赏文学艺术，调动两种感官比调动一种感官更能获得丰富的阅读和审美感受，更能获得丰富的乐趣。

孩子们一见到绘本就着迷，就爱不释手，其中一个原因是绘本里有丰富的思想和情感（这些都是以故事的形式呈现出来）。但是，同时调动视觉和听觉两种感官，也是孩子们喜欢看绘本的一个十分重要的原因。

---

[1][2] 河合隼雄，松居直，柳田邦男. 绘本之力 [M]. 朱自强, 译. 贵阳：贵州人民出版社，2011: 40, 38.

3. 绘本能与读者互动，极具建构性

我之所以说绘本是语文教学非常珍贵的资源，其中一个原因是绘本能与读者互动，极具建构性。松居直认为，绘本是文章说话，图画也说话，文章和图画都在用不同的方式说话，来表现同一个主题。而加拿大学者佩里·诺德曼（Perry Nodelman）认为，一本绘本至少包含三种故事：文字讲的故事、图画暗示的故事，以及两者结合后所产生的故事。第三种故事在哪里呢？第三种故事其实并不在绘本作品里，而是在读者的想象中。它是读者根据文字讲的故事、图画暗示的故事，创造出的属于自己的新的故事。

我举一个例子。在著名的绘本作品《母鸡萝丝去散步》中，一共就只有几十个字："母鸡萝丝出门去散步，她走过院子，绕过池塘，越过干草堆，经过磨坊，穿过篱笆，钻过蜜蜂房，按时回到家吃晚饭。"[①] 假设你没有看过这本绘本，我把文字告诉你，你的脑海中会出现什么样的画面？你的脑海中也许会出现一只母鸡在不同的地方散步的故事。而假设你没有看到绘本的文字，只是看到绘本中狐狸跟在母鸡后面不停出糗的画面，你也许会认为这是一个主要表现狐狸的故事。但是，在我把《母鸡萝丝去散步》的画面和文字都呈现给你之后，你就会发现这本绘本实际上提供的信息远远多于仅仅通过文字或绘画所提供的信息。将文字和绘画结合之后，我们可以得到第三种故事，这个新的更完整的故事是在我们的脑海之中产生的。

---

① 哈群斯.母鸡萝丝去散步[M].信谊编辑部，译.济南：明天出版社，2017：1-14.

二、绘本的阅读教学

1. 复述教学法

我在前面讲到，绘本是诉诸人的视觉和听觉的艺术。调动视觉和听觉来欣赏绘本，是欣赏绘本最好的方式。在小学语文课堂上，要想使绘本阅读教学达到最好的效果，我们可以这样做（当然不一定所有书都要这样做）：在学生第一次阅读绘本的时候，老师可以原原本本地将书中的文字讲给学生听，让学生耳朵听着那些文字，眼睛看着图画，也就是说同时理解文字和图画提供的信息。这样可能会产生非常好的效果。

我在前面说过，每个绘本里都有三种故事，而第三种故事就在我们读者的脑海之中。我们可以让学生在充分理解了绘本之后，尝试着去复述。在学生复述的时候，第三种故事就产生了。学生复述的时候，会将文字、图画提供的信息以及自己的理解综合在一起。这种复述既是一种阅读理解，同时也是写作能力的训练。使用复述教学法，既是在教阅读，也是在教写作。例如，《母鸡萝丝去散步》这样的绘本是非常适合复述教学法的，因为它的文字和图画之间有很大的张力。学生在叙述的时候，需要把两者提供的信息加以组合，并加上自己的创造，形成第三种故事。

2. 游戏互动法

我们还可以采用游戏互动法进行绘本阅读教学，因为绘本往往是给年幼的孩子阅读的，所以绘本作者往往特别重视和读者的互动。绘本《首先有一个苹果》第一页的文字："喂，现在开始讲故事啦！这是一个好玩的数数的故事。"就像一个幼儿园的老师在和班上的小朋友说话。这本绘本的游戏性、互动性非常强，在游戏互动中调动了儿童读者的想象力。

《好神奇的小石头》是一本挖洞书。每翻一页，小石头就会神奇地变成各种各样的新事物的一部分。作者通过挖洞，营造出绘本的戏剧性。奇妙之处在于，作者在绘画上采用了"画龙点睛"的笔法。在不停转身的小石头周围，简单地添上几笔，就画出了小老鼠、小刺猬、小企鹅等。可以说，作者在小石头这个形状上发挥出了创造性的想象力。这块小石头，从这个角度看，是一只青蛙；反过来看，就是一只母鸡。它变成黄色，就是一只鸭梨；再变成白色，就是一只企鹅。作者在第一页就向小读者抛出问题："你猜猜看，它会变成什么呢？"孩子们在阅读这个绘本时，每翻一页都充满期待，想知道下一页会出现什么。

　　一位老师曾在小学低年级进行这本书的阅读教学，很受孩子们欢迎，因为书里既有各种各样的生活场景，也有很多内涵。比如，书里边有亲情——"小老鼠，上灯台，一直玩到妈妈来。"① 这是母爱的亲情。我们也有与之内容相近的童谣——"小老鼠，上灯台。偷油吃，下不来。吱吱吱，叫奶奶。奶奶不肯来，叽里咕噜滚下来。"这是表示惩戒孩子的童谣，而这本绘本中的文字可以给孩子安全感。书里边还有友情。书里有一幅画，画的是小石头变成了一个蘑菇，蘑菇下边有一只小蚂蚁，文字是"下雨了，乐悠悠，蘑菇有了新朋友"②。

　　这本书的结尾也很有创意，小石头变成了红色的热气球，热气球有个篮子。与之对应的文字是"飘啊飘，热气球，带着朋友去遨游"③。到这里，虽然故事结束了，但是一场新的旅行又开始了。这本书的互动性非常强。在实施阅读教学的时候，我们可以利用这种互动性，增加孩子们阅读的乐趣。

---

①②③　左伟. 好神奇的小石头 [M]. 广州：新世纪出版社，2020: 7, 23, 39.

3. 推演教学法

推演教学法指在阅读教学的过程中，停下来让学生猜测接下来故事会怎么发展。这种方法适合那种故事性非常强、有一条一以贯之的主线，前后情节一环扣一环的绘本。推演教学法不适合所有绘本，只适合一些特定的绘本。《好脏的哈利》适合推演教学法，但是《爷爷一定有办法》就不适合。

我们先看看《好脏的哈利》，一起对其中的几个画面做一下推演。作者在第一页就交代："哈利是只有黑点的白狗。他什么都喜欢，就是不喜欢一件事——洗澡。有一天，他听到浴缸放水的声音，马上叼起刷子就跑下楼……"[①] 读到这里我们就可以先停下来，问问学生："哈利叼着刷子跑下楼去做什么呢？"这本书后面的内容告诉我们，哈利是在后院里挖了一个坑，把刷子埋了起来。我估计一些学生一下子就能猜对，因为哈利不愿意洗澡，而刷子是用来洗澡的，所以哈利叼着刷子跑下楼，当然是要把刷子藏起来。

接下来我们不能问学生："哈利把刷子藏起来后就出去玩了，他都玩了什么？"因为这样的问题没有规定一个方向，学生可以有各种各样的答案——哈利可以去游泳，可以去爬山，可以去和小伙伴们捉迷藏，玩什么都行。所以这个地方我们不能做这样的推演教学。

哈利跑到修路的地方去玩，修路的地方到处是泥。他又到铁道上去玩，在过街天桥上看远远开过来的火车，火车喷出的煤烟把他熏得很黑。他又去跟一些狗捉迷藏，他甚至把运煤车的传送带当作滑梯，把身上弄得很脏。最后他由一只有黑点的白狗变成了一只有白点的黑狗。哈利又饿又累，而且担心家人真的以为他离家出走了，就赶紧往家跑。这时我们就可

---

① 蔡恩，格雷厄姆. 好脏的哈利 [M]. 任溶溶，译. 兰州：读者出版社，2019: 1.

以做推演教学，我们可以问学生："哈利回到家后会发生什么事？"我相信一些学生能猜出家里人不认识他了。哈利本是一只有黑点的白狗，他出去玩耍了半天之后，竟变成了一只有白点的黑狗，家人当然认不出来了。

哈利是怎么做的呢？哈利很聪明，他又唱歌又跳舞，做平常给家人表演的各种动作，可是家人还是认不出来。这时哈利没办法了，他把刷子挖出来，一溜烟跑到了二楼的浴室，在浴缸里做出了请求的动作。姐姐和弟弟帮哈利洗了澡。神奇的事情出现了，两个孩子一边洗一边大叫："妈妈！爸爸！瞧！瞧！快来瞧！"①他们都认出了哈利。哈利摇着尾巴，高兴极了。一家人温柔地给他梳理身上的毛，哈利又变成了那只有黑点的白狗。

看到这里，我们可以再次进行推演。我们可以问学生："这个故事写到这里可以结束了吗？"如果学生说不能结束，我们就继续问："如果不能结束，接下来要怎么写？"我在给成年人讲这本书的时候，我问他们这本书到这里是否可以结束。有人说可以结束了，有人说不可以结束。我就问如果不结束的话，往下该怎么写？有人说哈利从此变成了一个爱洗澡的小狗。我个人认为这样的结尾很平庸，而且还有一种训诫的意味。

真正地洞察了孩子的成长规律和教育本质的人，不会这样来处理问题。《好脏的哈利》这本书的作者非常有教育智慧，非常懂小孩子的内心世界，我特别佩服他对故事结尾的处理。在绘本中，哈利洗完澡后，在他最喜欢的地方睡着了。他把刷子藏在自己睡觉的垫子底下，梦见自己浑身脏兮兮地玩耍，睡得可香了。这个结尾，就和上面说哈利变得爱洗澡了的结尾有着本质的不同。

我为什么说《爷爷一定有办法》不适合做推演阅读教学？《爷爷一定有办法》的主人公是一个叫约瑟的小男孩儿，他的小毯子脏了旧了。妈妈

---

① 蔡恩，格雷厄姆. 好脏的哈利 [M]. 任溶溶，译. 兰州：读者出版社，2019: 26.

说:"好难看,真该把它丢了。"约瑟说:"爷爷一定有办法。"他把小毯子拿给爷爷,爷爷拿起剪刀咔嚓咔嚓地剪,拿起针缝进缝出,说:"这块料子还够做……"如果我们在这里做推演教学,让学生去猜测这块料子还够做什么,学生的回答就没有方向了,有人会说够做一件上衣,有人会说够做一个手绢,有人会说够做一双袜子,这些说法都会改变故事的方向,和后面这本书里讲的做一件外套就接不上了。

4. 比较教学法

我们可以用比较教学法来进行绘本阅读教学。我以日本作家灰谷健次郎的《六兵卫,等一下》为例进行说明。

故事讲述了一只名叫六兵卫的小狗掉到了一个很深的洞里。洞里很黑,还有沼气。孩子们看不清小狗,担心它因吸入过多的沼气而死掉。于是,他们准备把小狗从洞里给救出来。怎么才能把六兵卫救上来呢?有的孩子提议,可以让人沿着绳子爬下去。但他们很难做到,因为他们只是小学一年级的孩子。孩子们就把各自的妈妈叫来了,其中一位妈妈说:"得男人来才行。"① 一个男孩子说:"我下去救它。"② 他的妈妈就说:"我可不许你那么做。"③ 妈妈们都回家了,孩子们更加担心了。他们再用手电筒往那个洞里一照,发现六兵卫缩成了一团,就拼命喊:"六兵卫,打起精神来呀。"④ 他们又是给六兵卫唱歌,又是吹肥皂泡逗六兵卫玩,可六兵卫还是一动不动。这时,一个男人悠闲地拿着高尔夫球杆路过,孩子们就求他帮忙。他看了看洞里,说:"幸好是只狗。要是个人,可就麻烦了。"⑤ 那人说完就走了。孩子们明白指望不上大人了,最后努力想出了一个办法——在一个篮子上系根绳子,把另一只狗小曲奇放进篮子里,再

---

①②③④⑤ 灰谷健次郎,长新太.六兵卫,等一下[M].李丹,译.北京:台海出版社,2020: 8, 9, 9, 12, 17.

一点一点地把篮子放到井底。小曲奇是六兵卫的好朋友,所以孩子们的想法是六兵卫见到自己的好朋友,肯定会跳到篮子里来。可是篮子刚到井底,小曲奇就从篮子里跳了出去。就在孩子们着急的时候,小曲奇又跑回了篮子里,六兵卫也跟着扑到篮子里。孩子们赶紧往上拽绳子,六兵卫得救了!

这是一个很有趣的故事,也是一个很有意味的故事。我们可以用比较教学法把故事中重要的意味揭示出来。我们可以直接提出问题和孩子们讨论:"请同学们想一想,在这个故事里,面对掉进洞里的小狗六兵卫,大人们和孩子们的态度有什么不同?"提出这个问题,其实是想引导学生思考这个故事最核心的意味。仔细阅读这个绘本,我们能感受到孩子们和大人们不同的价值观和生命观,我们会对故事里的那些孩子肃然起敬。那些孩子对小狗极富同情心,为了救小狗而想尽各种办法、克服种种困难,这会触动包括我们大人在内的许多读者。所以,一个真正的好故事除了幽默、有趣以外,一定还有严肃的东西蕴含其中,就像《六兵卫,等一下》一样。

5. 教学示例:《我的爸爸叫焦尼》的阅读教学

我们再来看看《我的爸爸叫焦尼》,这本绘本文字比较多,故事相对来说更复杂一些,所以适合小学三、四年级的学生学习。这本书可以使用下面几种教学方法。

(1)比较教学法

"爸爸的手好大好大"和"爸爸的手渐渐地小了下去"是一个比较。在绘本中,狄姆等了好久,终于可以和爸爸在一起待一天。到了晚上,爸爸要坐火车回去了,可狄姆盼望爸爸能跟他一直待在一起。最后,狄姆和爸爸往车站走的时候,书上是这样写的:"我一直握着爸爸的手。爸爸的手好大好大,能把我的手整个包住。'爸爸的手真大呀。'我嘟哝道。"①狄姆在这里说爸爸的手好大好大,其实是想说他需要爸爸给他一种生活上的呵护。

最后,爸爸还是离开了。"火车开了,我看到车窗里的爸爸了。爸爸在挥手,我也使劲儿地挥手。爸爸的手渐渐地小了下去……"②能够给狄姆呵护的爸爸的这双大手,渐渐地小了下去,爸爸也离狄姆越来越远。通过这样的一个比较,我们就能更深切地感受到狄姆在与爸爸离别时内心的失落和痛苦。在教学中,我们应使用比较教学法,引导学生对这两处描写加以比较,以体会人物的内心。

(2)选择教学法

我给《我的爸爸叫焦尼》设计了一个选择题。

《我的爸爸叫焦尼》中有这样一段话:"在往车站走的路上,我一直握着爸爸的手。爸爸的手好大好大,能把我的手整个包住。"这段话要表达什么意思呢?请选择正确的选项。

①作者想要说爸爸的手比狄姆的手大得多。

②爸爸的手比大部分人的手都大。

③这段话表达出了狄姆对爸爸的依恋,因为爸爸的爱能给狄姆带来保护。

我希望学生带着问题重新回到《我的爸爸叫焦尼》这个故事里。借助问题及选项,学生能更好地理解绘本。

---

①② 汉伯格,艾瑞克松.我的爸爸叫焦尼[M].彭懿,译.武汉:长江少年儿童出版社,2021: 17, 21.

（3）改写教学法

我们可以在学生通读了一遍绘本之后，问学生一个问题："这本书里哪一个场景是最不能删掉的？"每个人都会有自己的回答。我曾经在给小学生讲这本书时，问了这个问题。一个小学生回答说："爸爸抱着狄姆上火车的场景不能删掉。爸爸抱着狄姆上火车后，对车厢里的人大声地喊：'这孩子，是我的儿子，最好的儿子。他叫狄姆！'这一处不能删掉。"我问他为什么不能删掉，他的回答非常精彩："如果将这一处删掉的话，对狄姆就太不公平了。前边书里已经写了，狄姆去买热狗的时候，会跟卖热狗的人讲'这是我爸爸，他叫焦尼'；狄姆去电影院看电影的时候，会对检票员说'这是我爸爸，我们一起看电影'；狄姆去图书馆看书的时候，会对熟悉的大姐姐喊'今天我是和爸爸一起来的，他叫焦尼'。他一次次通过这种方式来表达对爸爸的爱，以及有爸爸在自己身边的自豪、喜悦。他想告诉大家，让别人知道。"

我猜测狄姆之所以逢人就介绍自己的爸爸，是因为他的内心有些自卑。平时他都没有爸爸，在别人眼里他是个没爸爸的孩子，但实际上他是有爸爸的，爸爸来的时候他就想要告诉大家。如果他的爸爸就这么走了，没有表达相应的情感的话，对狄姆来说就不公平了。所以爸爸抱着狄姆上火车的场景表现的是父亲对自己深爱的儿子情感的回应——爸爸也是爱你的，爸爸以你为荣，爸爸会对所有人喊"这孩子，是我的儿子，最好的儿子。他叫狄姆！"我相信这时候狄姆的内心一定充满了快乐、满足和幸福。我之所以与学生讨论这一段能不能删，目的是让大家体会到狄姆的父亲是一个有爱心的、懂得儿子内心的好父亲。

问与答

问：您说绘本不是让孩子自己阅读的书，而是大人读给孩子听的书。我十分认同您的观点，但是我也有一个担心。很多绘本的图画里总是暗藏着很多信息，如果孩子年龄比较小，没有及时发现这些玄机，大人是否要帮孩子找出来？这个度又应该如何把握呢？

答：这是一个很好的问题。如果是老师带学生一起阅读绘本，老师可以和学生一起解读图画中隐藏的信息。有些图画是有寓意的，如果学生不能体会这个寓意的话，会影响到他们理解绘本。比如我前面讲到的《大猩猩》，我们可以这样问学生："安娜坐在电视机前，电视机的光把安娜照亮了，你们能感受到安娜是一种什么心情吗？"大部分学生可以感受到安娜心中的孤独。我们可以进一步发问："安娜想要电视的陪伴吗？她想要电视的这种光吗？还是她想要其他东西？"如果学生能找出挂在墙上的那幅画，当然更好。如果没有找出来，我们可以把挂在墙上的画和安娜看电视的那幅画并列摆在一起，再问学生："安娜想要的是哪一种光？"如果是在语文课堂上，老师是可以引导学生这样阅读绘本的。

如果是家长在家里给孩子讲绘本，就不必做这样的引导。家长未必有这样的水准，而且若家长经常做这样的解读，孩子们的阅读就变得不那么轻松了。孩子们想要的是那种比较轻松的阅读，而不是只要一读绘本，就要准备回答问题。让阅读成为一种负担，未必是好事情。当然，如果孩子在阅读过程中关注到了画面中的某些信息，我们是可以和孩子讨论的。

问：朱老师，在给三至六岁的小孩子讲绘本的时候，是直接提示故事背后的道理，还是让孩子自己去感悟？

答：我是不太主张讲完一本绘本就问孩子这个故事讲了什么道理的。很多人功利地认为，把一本书读懂了的标志就是能把它说出来。可事实上很多时候孩子们读懂一个故事后却说不出来。比如，《刻舟求剑》这个寓言故事大家都知道。给孩子们讲完这个寓言故事，问他们听懂了没有，很多孩子都会举手说听明白了。但是如果让他们说故事讲了一个什么道理，他们不会像我们大人所希望的那样讲出很抽象的、具有普遍性的道理。孩子们会说这个故事告诉我们不应该在船上刻记号，应该马上跳下去找剑。

还有的孩子会说，不应该在船上刻记号，应该马上在那里插根竹竿。他们确实读懂了这个故事，因为他们都明白了船是要动的，在船上做记号没有用。

只要是适合孩子年龄段的好故事，孩子就能懂得故事背后的道理，我们要信任孩子。另外，我们不能强求孩子用理性的、抽象的语言去提炼故事背后的道理，因为他还不具备这种能力，我们不能勉强孩子。如果我们总是这样勉强孩子，阅读对他来说就会变成一件非常吃力的、甚至吃苦头的事情，他可能渐渐地就惧怕阅读了。

有时孩子读了一个好故事后，只是满意地叹一口气，或者是哈哈大笑，什么也不说。我们不要以为他没得到什么，其实他是得到了的。这个故事会在他的心中发酵，等他长大一点儿，他可能就会挖掘出这个故事里更深的寓意，甚至能把那个故事的寓意、道理阐述出来，但那是以后的事情。我们一定不能拔苗助长，不能心急，不能太功利。

第七章 儿童小说的艺术特点与阅读教学

这一章主要讨论儿童文学中的儿童小说。当然，如果作家不是专门面向儿童创作，但是他的小说特别适合儿童阅读，这样的作品也包括在我们的讨论范围之内。儿童小说属于写实儿童文学，它与童话和幻想小说等表现幻想世界、幻想生活的作品不同。儿童小说与纪实儿童文学也不同，所谓"纪实儿童文学"包括报告文学、散文等。这些纪实作品，虽然作者在写作过程中绝对不虚构是不可能的，但是他们基本上是基于客观事实进行创作的。而儿童小说就是作者虚构的作品，是现实中完全可能发生，但是没有发生过的事情。

一、儿童小说的文体特点

为了认清儿童小说的文体特点，我认为有必要把它和与其很相近的文体——儿童故事做一下比较，在与相近文体的比较中，儿童小说的文体特点就会更清晰地呈现出来。

1. 儿童小说的"情节"与儿童故事的"事件"的区别

在我们的日常习惯用语中，甚至在一些专业的用语里，经常会出现"故事情节"这一说法。在这个说法里，"故事"和"情节"成了一个东西，不加区分。但是爱德华·摩根·福斯特在他的著作《小说面面观》里，提出了一个重要的观点，他指出小说中的"故事"和"情节"是两个不同的要素。在讨论儿童小说和儿童故事这两种文体的区别时，我借鉴了爱德华·摩根·福斯特的这个观点，但是我又做了一下改造。为了将作为文体的"故事"与作为作品要素的"故事"加以区别，我把后者，也就是作为作品要素的"故事"称为"事件"。所以接下来，我将借鉴爱德华·摩根·福斯特的观点来讨论儿童小说的"情节"与儿童故事的"事件"之间有什么样的区别。

我们先看一下爱德华·摩根·福斯特在《小说面面观》中的论述。他说:"现在,我们该给情节下个定义了。我们曾给故事下过这样的定义:它是按照时间顺序来叙述事件的。情节同样要叙述事件,只不过特别强调因果关系罢了。如'国王死了,不久王后也死去'便是故事;而'国王死了,不久王后也因伤心而死'则是情节。虽然情节中也有时间顺序,但却被因果关系所掩盖。又例如'王后死了,原因不详,后来才发现她是因国王去世而悲伤过度致死的。'这也是情节,不过带点神秘色彩而已。这种形式还可以再加以发展。这句话不仅没涉及时间顺序,而且尽量不同故事连在一起。对于王后已死这件事,如果我们再问:'以后呢?'便是故事,要是问:'什么原因?'则是情节。这就是小说中故事与情节的基本区别。"①

爱德华·摩根·福斯特举的例子很生动,说得也很清楚。我们都有这样的体会,在给年幼的孩子讲故事的时候(不是给孩子读小说,而是给他们讲故事),孩子就会不断地问:"以后呢?"他们很少去问:"是什么原因?"这就反映了故事这种文体的典型特征。

所以,借鉴爱德华·摩根·福斯特的上述观点,我们可以说,儿童故事是按照时间顺序来叙述事件的,而儿童小说不仅要叙述事件,更要写出因果关系。我们可以通过作品的比较来说明儿童故事和儿童小说的区别。

新美南吉的故事《糖块儿》便是按时间顺序来安排的:母子三人上船—武士上船—孩子们为争糖块儿而争吵—吵醒武士—武士拔刀走了过来—武士用刀把糖块儿劈成两半,分给孩子们—武士又开始打瞌睡。故事中的所有事件都是按照时间的先后顺序安排的。

在俄国作家安东·巴甫洛维奇·契诃夫的小说《凡卡》里也有事件,

---

① 福斯特.小说面面观[M].苏炳文,译.广州:花城出版社,1984:75-76.

而且不止一个，但是作者并不是依照时间顺序来安排的。如果作者按照时间顺序来安排事件，就要这样写：凡卡的乡下生活—凡卡被送到城里当学徒—凡卡的学徒生活—凡卡给爷爷写信—凡卡寄信。但作家打乱了顺序，而且不止打乱一次，是反复地打乱。作家安排事件的依据是因果关系，而不是时间顺序，而本篇小说因果关系的主线就是凡卡为什么要给爷爷写信，为什么要让爷爷接他回乡下。

儿童小说的情节侧重于揭示因果关系，所以在儿童小说的阅读教学中，一个重要的着眼点就是要找出作品中的因果关系，或者说是情节之间的联系。

我们一起来看看日本儿童文学作家丘修三的短篇小说《爱买首饰的男孩》。这篇小说的主人公是一个叫阿朗的男孩儿，小说中有两个情节，一个是阿朗照顾兔子，另一个是阿朗被同学欺负，我想分析一下这两个情节之间有什么样的因果关系。这篇小说是以第一人称"我"来叙述的，"我"并不是阿朗，而是阿朗班上的一个男生。"我"和班里的另一个男生光太一起当兔舍的值日生。"我"和光太一到学校就发现兔笼子边上的阿朗。阿朗说："这小家伙有点奇怪呢！"他们发现有一只兔子生病了。老师让这两位值日生在放学以后带着兔子到兽医院，阿朗也要一起去。医生给兔子诊断后，说："这只兔子病况很严重，今天晚上是重要关头，这些药得每四个钟头喂一次。""我"和光太都觉得这件事很麻烦，便委托阿朗照顾兔子，但是又担心老师知道是阿朗在照顾兔子，自己会被批评，所以两人就跟阿朗说这件事不能跟任何人说。阿朗答应了。第二天一大早，阿朗就把兔子送来了，兔子已经恢复了精神。可是这件事老师根本就不知道，一直以为是"我"和光太在照顾兔子。

学校师生出去旅行的时候，班上的同学都买了纪念品，有人看见阿朗专门买了女孩子戴的首饰。在回来的路上，有人捡到一条项链，便问是谁的。大家都说不是自己的，最后有人说："都不是我们的，那就是——

阿朗同学的了？"① 阿朗一直不出声，大家把项链甩来甩去，他说："还给我。"② 这就说明项链是他的。于是大家开始嘲笑阿朗，还把项链传来传去戏弄阿朗，最后阿朗拿到项链后委屈地哭了起来。

阿朗转学离开后，有一天，老师给同学们读了一封信，信是阿朗的一个邻居老婆婆写的。原来，阿朗的隔壁住着一个患有"脑性麻痹"的小女孩儿。她躺在床上不能动，既无法说话，也拿不了东西，但是她十分喜欢首饰，不管是什么样的首饰，只要戴上首饰她就会很开心。阿朗很关心她，有机会就买首饰给这个女孩子，所以大家是误会了阿朗。这件事对班上的同学，尤其是对"我"和光太产生了一定的影响。

阿朗替同学照顾兔子和因为给小女孩儿买首饰而忍受委屈这两件事有没有因果关系？要回答这个问题，我们就要先看一下小说人物的性格。阿朗替同学照顾兔子这件事表现了他性格中可贵的一点，那就是做好事不留名。因为他有这样的性格，所以当班上的同学误解他，以为他戴那些女孩子戴的首饰时，他也不会出来辩解。因为一辩解他就要把自己做的好事和盘托出，这是他不愿意做的。他宁肯自己忍受委屈，也不为自己辩解。这两个情节是有内在的一致性的。

由此我们可以得出结论，故事比较单纯，适合小学低年级学生阅读；而情节更加复杂的小说适合中年级和高年级学生阅读。

2. 儿童小说的人物与儿童故事的人物的区别

儿童小说和儿童故事都是叙事文学，人物都是作品中的一个要素，但是儿童小说中的人物和儿童故事中的人物之间存在区别，主要包括以下几点。

---

①② 丘修三.她是我姐姐[M].林宜和，译.南京：南京大学出版社，2021：98，99.

（1）扁平人物与圆形人物

爱德华·摩根·福斯特在《小说面面观》中指出："十七世纪时，扁平人物被称为'性格'人物，而现在有时被称作类型人物或漫画人物。他们最单纯的形式，就是按照一个简单的意念或特性而被创造出来。如果这些人物再增多一个因素，我们开始画的弧线即趋于圆形。真正的扁平人物可以用一个句子表达出来。"[1] 根据他的说法，我们可以知道故事中的人物多为扁平人物，而小说中的人物大多为圆形人物。他们不是作者根据一个简单的想法或特性创造出来的，不是平面的、单一的，而是立体的、复杂的。这是小说人物和故事人物的区别。小说中的人物无法用一句话说明白，所以我们要刻画他的性格、描写他的心理。而在这方面，故事就不像小说那样将人物的性格和心理都交代得明明白白、真真切切。

我以苏联著名儿童文学作家尼古拉·诺索夫的中篇儿童小说《马列耶夫在学校和家里》为例进行说明。我希望老师们能够关注尼古拉·诺索夫这个作家，他的作品写得非常有趣。据说在当时的图书馆里，尼古拉·诺索夫的作品要单独放在一个房间，因为孩子们读他的作品时常常情不自禁地开怀大笑。

我们来看看《马列耶夫在学校和家里》中的一段心理描写。马列耶夫的数学成绩很差，有一天他的妹妹李卡向他请教数学题。我们看看马列耶夫是怎么对付妹妹的。

> 我快速地把这道题看了一遍，想："我要是算不出来，可就让李卡有故事说了！我这当哥的还怎么混啊！"
>
> 于是，我对她说："我现在没空，我自己还忙不过来呢。你先去外面遛遛，两个钟头后回来，我再帮你做。"

---

[1] 福斯特.小说面面观[M].苏炳文，译.广州：花城出版社，1984：59.

"趁她在外面玩，我赶紧把题想明白，等她回来再解析给她听。"我想。

"好吧，我上同学家去。"李卡说。

"去吧，去吧，可别一会儿就回来。玩儿两个钟头、三个钟头都可以。一句话，你愿意玩多久就玩多久。"①

妹妹李卡一走，马列耶夫就赶快算题，费了九牛二虎之力才把题解出来。给妹妹讲解完这道题以后，他说："这是一道很容易的题。以后，你需要我帮忙就说话，我一下子就能给你讲清楚。"②

马列耶夫的这些心理活动既让读者感到幼稚好笑，同时又勾画出了学习成绩差的孩子内心是不甘落后的，是有自尊心和上进心的。这些正是马列耶夫后来成长进步的基础。从某种意义上来说，《马列耶夫在学校和家里》也可以被看成成长小说，它写了马列耶夫和他的好朋友一起改正缺点、不断成长的故事。

（2）儿童小说的人物优先与儿童故事的非人物优先

在儿童小说中，人物是优先的，人物被优先处理、优先考虑，而在儿童故事中并不是这样的。

我以苏联作家勒·班台莱耶夫的中篇小说《表》为例进行说明。这篇小说在我国很有名，很大程度上是因为它是鲁迅翻译的。这篇小说的主人公是一个名叫彼蒂加的少年。彼蒂加的父母都去世了，他在流浪生活中，沾染了一些坏毛病。有一次，他在偷别人的蛋饼时被警察抓住了，警察把他关进了拘留室。他在拘留室里从醉汉库兑耶尔手中偷到了一块金表，但是并没有被发现。之后，他又被送到了少年教养院。

---

①② 诺索夫.马列耶夫在学校和家里[M].韦苇，译.乌鲁木齐：新疆青少年出版社，2017：99，105.

在少年教养院里，为了藏匿这块金表彼蒂加用尽了心思。一个德国人让他洗澡换衣服时，他把金表塞到自己的嘴里含着。他坐在浴缸里，水越来越热，他因为不想吐出金表忍了很久，直到热得受不了了，才把金表吐在浴缸的底部，跳起来说："热呀！"可是后来他把浴缸底的塞子当成手表塞在了嘴里，导致缸里的水越来越少。他只能大喊大叫说自己肚子疼，那个德国人就去叫医生。他这才把金表拿了出来，并换上衣服，渡过了一关。

放风的时候，彼蒂加悄悄地在院子里挖了一个坑，把金表埋在了坑里。可是不久后，埋金表的地方堆满了木材。彼蒂加想要把木材挪走，但是木材太多了，他实在搬不完，不但没有挖出金表，还把自己弄得生病了。彼蒂加住进医院后，他的小伙伴来看望他，他感受到了来自集体的温暖。后来教养院要把木材搬到棚屋里，组织孩子们一起搬。为了快点儿挖出金表，彼蒂加搬木材时表现得特别卖力，而且他还组织大家齐心协力传递木材。彼蒂加因此当上了经济事务负责者，他的工作之一便是给大家发木材。彼蒂加想要快点儿挖出金表，所以发木材的时候很慷慨，那一年教养院的房子特别暖和。

在木材快要发完的时候，彼蒂加变得非常吝啬，能少发就少发，大家都感觉非常奇怪。这个时候彼蒂加的心理发生了变化。木材发得少，金表就不会露出来，他就不用拿着金表逃跑了。他开始犹豫了，他的心态发生了变化。之后，教养院的院长给了他一笔钱，让他帮大家买东西。他本可以拿着钱逃跑，但他没有这样做。在小说的最后，彼蒂加把金表还给了库兑耶尔，而他自己选择继续在教养院好好地生活。

在《表》这篇小说中，彼蒂加这个人物占据着极为重要的地位。他优先于事件而存在，在小说中不是事件推动他，而是他的思想性格变化推动事件的发展变化。彼蒂加的所有行为都受其思想性格的驱使，从金表的得而复失到失而复得，从不能逃而想逃，到能逃而又不逃，这一系列事件的展开都符合他思想性格的变化逻辑。虽然这篇小说的故事性很强，但是我们对彼蒂加这个人物的关注，超过了对事件的关注。这就是小说的人物优先。

而在儿童故事中，人物的地位就没有这么重要了。在著名的儿童故事"小淘气尼古拉的故事""青蛙和蟾蜍"等中，人物性格基本上是已经定型了的，读者对事件的结果更感兴趣。在儿童故事里，事件不是人物性格推动的结果，而是先于人物性格、为说明人物性格而存在的。

从对儿童小说的情节和人物这两个要素的分析中，我们不难看出，儿童小说的艺术构成显然比儿童故事更丰富、更复杂。当然，我们说儿童小说的艺术构成更丰富、更复杂，并没有扬儿童小说、抑儿童故事的意思，因为不同的艺术表现方式都是有价值的。

二、儿童小说的阅读教学

1. 关注作品的结构及作品刻画的人物性格

因为儿童小说的艺术构成比儿童故事更丰富、更复杂，所以在进行儿童小说的阅读教学时，我们应关注两个问题：一是作品的结构，二是作品刻画的人物性格。

儿童小说的人物性格我在上文中已详细论述，关于作品的情节结构，我再以《凡卡》为例进行说明。《凡卡》是典型的双线情节结构。小说中有两条线索：一条线索是凡卡的学徒生活十分艰辛，他因此十分想念爷爷，要给爷爷写信；另一条线索是凡卡回忆自己与爷爷在乡下生活时的场景。在开展阅读教学时，我们要引导学生关注作品中的双线结构。我们可以让学生做一件事："在整篇小说中，凡卡并不是一直在写信，而是写着写着就停下来，回忆乡下的爷爷以及自己和爷爷在一起的生活。请你把写信的段落和回忆的段落标示出来。"学生在标段落的过程中，就会关注到这两条线索的存在。这两条线索有着内在的关联，我们可以让学生把连接两条线索的词语、语句找出来。这时，我们可以这样问："也许有人会说，凡卡一会儿写信，一会儿回忆，一会儿又写信，一会儿又回忆，小说显得很零散。但是老师发现，凡卡的回忆与信中的内容是有密切关联的。你能把相关语句找出来吗？"这个问题意在引导学生感受到这两条线索其实是彼此联系、互相交织在一起的。

2. 如何教儿童成长小说

接下来我要介绍儿童成长小说。在中长篇儿童小说中，儿童成长小说十分重要，因为它表现的是儿童成长这个主题。儿童成长小说的构成更复杂，所以更适合小学高年级学生阅读。小学高年级的学生自我意识正在逐渐形成，他们的身心正在飞速地发展。我们应该更重视成长小说这一资源，通过阅读帮助高年级的学生实现心智的成长，建构积极的自我意识。

（1）关注主人公自我意识的建构

典型的成长小说往往具备三个条件：第一是要艺术地表现出少年的自我意识的建构过程；第二是要有让人信服的故事情节，要写出因果关系；第三是要呈现出主人公经历的磨难和成长。

我以日本作家山中恒的长篇小说《我就是我》的第一册的故事为例进行说明。小说的题目就和自我意识有关。"我"是一个小学生，在兄弟姐妹中学习最不好，妈妈一见到"我"，就说"我"是兄弟姐妹中最没有出息的。"我"扬言要离家出走。妈妈嘲笑"我"："你还能离家出走？能在学习的时候睡着并从椅子上掉下来的人，还有勇气离家出走？""我"果然离家出走了，当然更多的是做做样子。可是不曾想，"我"跑到一辆卡车上睡着了，被卡车带到了很远的村庄。"我"一时不能回家，就住在村庄里的一户人家里。那户人家里有一个女孩儿叫夏代，夏代每天帮助爷爷做农活，晚上就在桌子上学习。"我"受到了触动，也开始学习起来。"我"跟着夏代的爷爷干活，因为干活很卖力，得到了爷爷和夏代的夸奖。爷爷和夏代帮助"我"建立了自尊，也就是积极的自我意识。后来又发生了车祸事件，有人惦记爷爷的遗产。在解决这些问题的过程中，"我"发挥了重要的作用，"我"也变得成熟起来。

"我"回到家后，妈妈不理"我"，还问："你是谁？我不认识你，别随便到别人家里来。"如果是在以前，"我"肯定会哭哭啼啼地抱住妈妈请求她的原谅，可是现在的"我"已经不会这样做了。"我"马上说："是吗？这不是我的家吗？我走好了。"这时候妈妈扑过来抱住"我"大哭了起来。从此"我"被妈妈数落的日子一去不复返了。小说的结尾写道："尽管是这样一个家庭，是这样的妈妈，但是她还是我的妈妈，我是这个家庭的孩子，是我妈妈的儿子，但是我又是我自己。"作者鲜明地写出了主人公的自我意识的建构过程。好的儿童成长小说在呈现出主人公经历的磨难和成长之后，还会写出问题的解决。

（2）聚焦"矛盾修饰法"

我们的儿童成长小说阅读教学，应该关注文学修辞，进行"形式"分析，将教学落到实处。陈丹燕的《灾难的礼物》在整体上运用了矛盾修饰法这一修辞手法。下面我就围绕《灾难的礼物》的矛盾修饰，进行讨论。

小女孩儿庆庆（作品中的"我"）遭遇大地震，父母双亡，自己的一条腿也被压坏了。伯伯收养了庆庆。伯伯也是遇见过灾难的人，他离过婚，没有工作，靠翻译得来的稿费维持生活。自己没有孩子的伯伯却是个喜欢孩子的人，他把庆庆当成自己的孩子。失去父母的庆庆嫉妒邻居洁洁得到的宠爱，也为洁洁得不到游泳衣而幸灾乐祸。一天晚上，伯伯早早陪庆庆睡下，想陪庆庆说说话。伯伯说他最喜欢孩子，庆庆就问："那你为什么不再结一次婚呢？"伯伯说："有的人在世上，不管怎么希望,就是要不到自己想要的。"① 伯伯告诉庆庆,经受磨难的人也被赠予世界上最好的礼物。伯伯的话深深影响了庆庆。

不久后,住在楼下储藏室的孤老太太(也是个"不幸"的人)家里来了特殊的客人,原来是她的孙子和孙女儿偷偷看她来了。伯伯征得庆庆同意后,将已经送给她的一盒巧克力,悄悄塞给了老太太,让她给孙子和孙女儿吃。这时,小说写到了庆庆的变化。

> 初夏灿烂的阳光照在伯伯的白发上,照在他皱纹很深的脸上。在那洁净明亮的夏日阳光里,伯伯的眼睛令我想起秋天洒满阳光的蓝天,那份宽广,那份明朗,那份温暖,那份深厚!突然,我心里好像有扇小门砰的一声打开了——我懂了,这是伯伯所说的灾难的礼物。
>
> 等到中午,伯伯午睡,我拿了红游泳衣走出去。当我轻轻敲洁洁家的房门时,想到洁洁将要发出的快活的尖叫,心里又快活又紧张,咚咚直跳。我突然感到自己正在慢慢地从灾难的压迫下走出来,有人正在把灾难的礼物递给我。②

庆庆的腿没有受伤之前,她最喜欢游泳。地震发生之后,庆庆不能再游泳,还曾经因为洁洁只能穿着她妈妈上中学时穿的又老式、又肥大的游泳衣去上游泳课而暗中幸灾乐祸。而现在,庆庆已经化解了伤痛,把自己心爱的泳衣送了出去。

我用了如此多的篇幅介绍《灾难的礼物》,都是为了给矛盾修饰法做铺垫。所谓矛盾修饰法,是将两个意义上互相矛盾的词或词组组合在一起的修辞手法。这种修辞手法可以表现事物内在的矛盾性和复杂性,起到发

---

①② 陈丹燕. 灾难的礼物 [M]// 朱自强. 灾难的礼物. 青岛:青岛出版社,2014: 58, 61.

人深思、耐人寻味的艺术效果。在这篇小说的题目里，"灾难"和"礼物"是一对矛盾，将这两个词语放在一起，就构成了矛盾修饰。

我们在很多诗歌中见到矛盾修饰法。"一切都是命运/一切都是烟云/一切都是没有结局的开始/一切都是稍纵即逝的追寻/一切欢乐都没有微笑/一切苦难都没有泪痕……一切爆发都有片刻的宁静/一切死亡都有冗长的回声。"北岛在创作这首《一切》时，就是使用了矛盾修饰法。

我认为，陈丹燕的《灾难的礼物》整体的叙事都建立在"灾难"和"礼物"这一对矛盾的基础之上。在结尾，庆庆给洁洁送泳衣，明明是自己送洁洁礼物，却说"有人正在把灾难的礼物递给我"，整个叙述都是一种矛盾修饰。给我的感觉是，整篇小说就是一个"解释"，对"灾难的礼物"的解释——"为什么灾难会给人带来礼物？"作家就是要通过小说情节的展开，解开潜藏在读者心里的这个疑惑。

小学高年级的学生可以阅读学习《灾难的礼物》。这个年龄的孩子，对矛盾修饰法这样比较复杂的修辞手法，应该有了一定的理解能力。教师可以紧紧抓住"灾难的礼物"这一题目，明确提出矛盾修饰法这一修辞手法，然后在阅读教学中，将其与对小说意义的建构、阐释紧密地结合在一起。

（3）善用"纲举目张"法

儿童小说，特别是成长小说，往往有一个牵引整个作品的"纲"。抓住这个"纲"，阅读教学就有了目标和方向。

我之前给大家讲了《表》这部小说，其实这部小说也有一个"纲"。表面看起来小说作者一直在写那块金表，但是事实上主人公彼蒂加对待金表的态度才是作品的"纲"，抓住了彼蒂加对金表的态度的变化，就抓住了彼蒂加的成长轨迹。我们在进行阅读教学的时候，要围绕这一点来做文章，把彼蒂加的成长轨迹揭示出来。

接下来，我以两篇短篇小说为例，说明如何在小说教学中使用"纲举目张"法。

《旗帜》是日本小学六年级语文教材里（其中一种教材）收录的一篇小说。这篇小说写的是一个女孩儿搬家到了另外一个城市，在新学校还没来得及跟其他同学交上朋友，就遭遇了交通事故，腿被撞得骨折，只好在家里休养。因为她刚转学到这个学校，所以一直都没有同学来看望她，她感到很孤独。有一天，女孩儿无意中望向窗外，看到了蔚蓝的天空中有一面柠檬黄的旗帜正迎风飞舞。女孩儿产生了一种冲动，她多想像迎风飞舞的旗帜一样，让自己的生命也飘扬起来。她把自己想象成一面可以迎风飘扬的旗帜，她享受这种想象的快乐，也通过这种想象摆脱自己的孤独。

在女孩儿的伤快要养好的时候，一个女同学到她家里来探望，问女孩儿要一块布。原来班级要做一面旗帜，同学们就想了一个点子：每个人都拿来一块布，再把这些布缝在一起，当作班旗。女孩儿说她现在还拿不出来，让女同学第二天早上来取。她们又聊了几句，养伤的女孩儿情不自禁地说："你看，从我家窗户望出去也有一面旗子，我每天都是望着这面旗子排解孤独和寂寞。"

女同学忙说："对不起，我一直都没有来看望你。"女孩儿说："我不是这个意思，我只是随便说说而已。"等女同学走了以后，女孩儿开始选布，她选了一块淡黄色的布，还在上面绣了一朵玫瑰花。第二天早晨女同学把这块布拿走了。又过了几天，女孩儿养好伤，可以上学了。在上学的前一天，她像往日一样打开了窗户，突然发现窗外柠檬黄的旗子不见了，旗杆上飘舞的是一面五颜六色的旗子。女孩儿清晰地看见旗帜的最中间那块黄布上的玫瑰花。

第二天女孩儿去上学，同学们都用掌声来欢迎她。大家围着她跟她聊天。女孩儿这才知道，原来柠檬黄的旗帜是商店的店旗，而这个商店的店主就是他们班上一个同学的父亲。那位同学一再央求，她的父亲才答应在女孩儿上学的前一天，用班旗把店旗替换下来悬挂30分钟。女孩儿微笑着听大家讲这些事，心里想自己能转学到这个班真的是太好了。

很多作品的题目便将作品最重要的信息呈现出来了。比如,在《旗帜》这篇小说里,"纲举目张"的"纲"其实就是旗帜,但是旗帜不是指商店的柠檬黄店旗,那面店旗虽然曾经给主人公带来了快乐,排遣了她的孤独,但是旗帜不是她的生活本身。"纲"是哪一面旗帜呢?是那面班旗。同学们细心地把女孩儿拿出的那块布放在了班旗的中间,表达了对她的关心,而她也在这面班旗中找到了自己在班级、在集体中的位置。所以,对这篇小说来说,"纲举目张"的"纲"应该是那一面班旗,这面班旗把小说组织起来了。

《傍晚的雨》是我国儿童文学作家程玮的一篇短篇小说,这篇短篇小说的开头是这样的:

> 窗外的小雨,下了一天。
> 这是真正的小雨,小得看不见雨滴,只看得见一团团微微飘动着的灰色的雾。夏丽觉得那不是在下雨,是下雾。可妈妈、姐姐她们都说:"唉,还在下雨,讨厌!"
> 是的,确实很讨厌。姐姐今天结婚,到将近傍晚的时候,会有一部小面包车来接她,把她送到那个人,那个个子高高的、白白净净的小伙子家里去。从此以后,姐姐就不再是夏丽家的人了,她将跟那个小伙子过一辈子。人人都说,这是喜事。喜事赶上下雨,当然是很扫兴的。所以,妈妈、姐姐她们都说这雨很讨厌。①

这篇小说一开始就交代了雨,而且最重要的是交代了作品中的人物对雨的不同感受。妈妈和姐姐是很讨厌这场雨的,但夏丽(一个小学生)却

---

① 程玮. 白色的贝壳 [M]. 南京:江苏少年儿童出版社,2008: 179.

觉得这雨下得太小,还不够大。夏丽为什么会有这样的想法呢?因为她对自己未来的姐夫持怀疑的态度。这时候作者就开始用倒叙的方式,交代夏丽不喜欢未来的姐夫的原因。原来他有一次带着夏丽到公园去玩,还兴致勃勃地观看蛇吞吃活生生的小鸡。这件事让夏丽对他产生了怀疑,因为他不仅自己看得兴高采烈,还把夏丽高高地举起来让她看得更清楚。夏丽觉得跟姐姐生活一辈子的人,不应该这样做。她从这件事上,真正觉察到了未来的姐夫性格中有残忍的一面。夏丽不希望姐姐嫁给这样一个人,所以在婚礼的当天夏丽会觉得下的雨就像雾一样,下得太小。

小说接下来又写,姐姐问夏丽自己脖子上戴的金项链好不好看,那是未来的姐夫买给姐姐的。可是夏丽却说:"姐姐,你最好别挂那项链……"姐姐发现了夏丽的情绪,就问她为什么不高兴。夏丽忍不住哭了起来,还请姐姐不要结婚。姐姐说:"一个姑娘长大了,总得结婚呀。以后,你长大了,也要结婚的!"夏丽固执地摇头。

此时小说又出现了关于雨的描写:

> 雨下得更大了,雨点急促地敲打着玻璃窗,又沿着窗玻璃急促地往下淌,像一条条美丽的小溪。
>
> 姐妹两个都默不作声地看着窗外。两个人都在发愁。一个愁雨下得太小,一个愁雨下得太大。①

对《傍晚的雨》这篇小说而言,"纲举目张"的"纲"显然是傍晚的雨。面对同样的雨,不同的人物有不同的心理、不同的心态、不同的想法。只要抓住这些,就能将这篇小说所表现的矛盾冲突呈现出来,引发学生对小说的思考。

---

① 程玮. 白色的贝壳 [M]. 南京:江苏少年儿童出版社,2008: 184.

问与答

问：请问《小王子》和《毛毛》算儿童小说吗？这两本经典作品都富含很多哲学意味，我们在跟孩子共读或进行教学的时候，是否需要带着孩子去挖掘作品里面的深意？

答：这两部作品在文体上都属于儿童小说。有人把《小王子》看作童话，但是如果把它看作幻想小说也未尝不可。而《毛毛》就是典型的幻想小说，幻想小说也是儿童小说的一种形式。

这两部经典作品都含有很多哲学意味。《小王子》里有一句话让我印象非常深刻："本质的东西，用眼睛是看不见的。"本质的东西应该用什么来看？用心来看。当然，《小王子》里还有其他哲学意味。而《毛毛》的作者德国作家米切尔·恩德（Michael Ende）创作这本书其实是想对资本主义社会的生活方式提出批判，书里反映出了非常深刻的、值得思考的问题。我们跟孩子一起阅读这样的作品时，是否需要带着孩子挖掘作品里的深意？我个人认为是需要的。阅读就是建构意义，如果我们带领小学高年级学生阅读这类作品，我们就要带着学生对里边的一些哲学思考进行探讨，至于能引导学生读到什么程度，则要见机行事。只要学生能跟得上，能不断地思考、不断地发问，教师就应尽可能地引导。如果学生遇到了难以逾越的障碍，我们就要及时终止。

问：很多人说《小王子》是写给成年人看的，请问您是否赞同呢？

答：我赞同，因为作者写《小王子》这样的作品，就是要满足自我。这和他的人生经历有一定的关系，和他的职业及爱情经历也有关系。可是作品出版后，作者就不能限制读者对象了。如果孩子也能读懂，甚至很喜欢，那它也是写给孩子看的作品。

所以，我们与其追问作品到底是写给成年人看的，还是写给孩子看的，不如看看作品适合什么样的人看，这才是我们要考量的重点。

第八章 儿童散文的艺术特点与阅读教学

一、散文是什么

散文是一种非常重要的文学体裁。一般来说,文学理论会将文学体裁分为四大类:散文、小说、诗歌和戏剧,散文是其中的一大类。而我国可以说是散文大国,古代文学里最重要的概念是"诗文",其中的"文"主要就是指散文。

我们今天说的散文文体是一个现代的概念。在我国,现代散文文体观念的自觉起始于周作人,他在1921年发表过一篇文章《美文》。在这篇文章里,周作人介绍:"外国文学里面有一种所谓论文,其中大约可以分做两类。一批评的,是学术性的。二记述的,是艺术性的,又称作美文,这里边又可以分出叙事与抒情,但也有很多两者夹杂的。"[①] 后来周作人在《中国新文学大系·散文一集》的导言中说:"以后美文的名称虽然未曾通行,事实上这种文章却渐渐发达,很有自成一部门的可能。"[②] 周作人所说的"渐渐发达"的"这种文章",就是今天所谓的"散文",我们也可以称之为现代散文。而在《美文》这篇文章里,周作人言简意赅的文字也可以被看作是对散文的一个诠释。

如今,散文这一概念有多层含义。第一层含义是与韵文相对应的最广义的散文。第二层含义是与虚构文学如小说、童话相对应的散文,包括报告文学、传记、回忆录、具有文学性的知识读本和狭义的散文。第三层含

---

① 周作人. 周作人散文全集:第2卷[M]. 桂林:广西师范大学出版社,2009: 356.
② 周作人. 中国新文学大系·散文一集[M]. 影印本. 上海:上海文艺出版社,2003: 5.

义是指最狭义的散文，即第二个层次中的狭义散文，而我们要讨论的就是这种最狭义的散文。

适合小学语文阅读教学的散文主要是指面向儿童读者创作的散文，以及儿童读者可以接受的一般散文。有些作品不是作家专门为儿童读者创作的，但是儿童读者却可以接受，甚至有些作品儿童读者还非常喜欢。例如，一些作家会写回忆童年往事的散文。它们虽不是作家专门为儿童读者创作的，但因为是作家对童年往事的回忆，所以往往具有儿童文学的特征，可以被儿童读者所接受。

散文往往重视叙事，有的时候散文里也有明晰的故事，这就是它和小说的相似之处。但狭义的散文与小说之间也存在着巨大的差别。区分狭义的散文和小说有一个重要的角度，就是作者和作品的关系。我个人认为，小说是写"他"的艺术，而散文则是写"我"的艺术。这是什么意思呢？很多小说使用了第一人称的写法，小说中的叙述者是"我"，甚至小说的主人公也是"我"。比如鲁迅短篇小说中的名篇《故乡》《社戏》《孔乙己》，里边都有鲁迅童年生活的影子；还有郁达夫著名的小说《沉沦》，里边也有作家个人生活的影子，有自传的色彩。但即便是这样的作品，仍然是写"他"的艺术，我们不能把小说中的"我"和小说的作者画等号，"我"在本质上还是"他"。但是散文则是写"我"的艺术，散文里出现的"我"一定是作家本人，因为散文写作的一个原则是描写真实，散文里对作家的心理、情感活动以及价值观的描写不能是虚构的。从这个角度来看，小说更客观，而散文更主观；小说要求做客观的描写，散文则是作家主体性的呈现；小说更趋于虚构，散文更趋于"真实"。

掌握了狭义散文和小说的区别，我们就会发现，散文有散文的教法，小说有小说的教法。我们在教《小珊迪》这样的小说时，就不能把里面的人物当作真实存在的人物。

有的教师在讲《小珊迪》时，把作品中的人物当作真实存在的人物一样处理。比如，教师在讲课的时候对六年级的学生说："同学们，为了那一盒小小的火柴,为了那四个需要找还的便士,一个诚实、善良的孩子就这样永远离开了我们。"这不是讲述一个虚构作品应有的态度,这样的处理方式会对学生造成误导。

六年级的学生应该知道自己阅读的是小说,小说中的人物是作家虚构的。也就是说,如果小说中的人物死了,我们不能像要开追悼会一样,说"一个诚实、善良的孩子就这样永远离开了我们"。散文中的人物是真实存在的,而小说中的人物不是真实存在的。

二、儿童散文的题材和类别

从题材的角度来划分,儿童散文可分为以下几类。

1. 直接描写儿童生活的散文

第一类是直接描写儿童生活的散文。儿童文学是立足于儿童生命空间的文学,因此,绝大多数儿童文学作品都是以儿童的生活作为自己的表现对象。直接描写儿童生活的散文,是成人作家走进儿童生活后创作的散文。我国著名儿童文学作家任大霖的《我的朋友容容》,是直接描写儿童生活的比较典型的、优秀的作品。任大霖写了三岁的容容在生活中的一个个故事。这样的散文其实写作难度非常大。任大霖之所以能写好,我觉得和他的儿童观有关系。他尊重像容容这样的幼儿,所以他能够在看似平常的幼儿生活中发现具有珍贵价值的东西。

在《我的朋友容容》里,作者是这样描写容容的:

在我所有的朋友中,容容也许能算是最亲密的一个了——

虽然她也是最年轻的一个：今年总共三十六个月，就是说，正满三岁。

我们住在一个院子里。住在这院子里的人可不少，但最著名的人物还得算容容，关于她的生活故事，这院子里"流传"得可多呢。下面，就是我记载下来的一部分。①

一位老先生听说"我"要给容容写传，很不以为然，因为他认为容容"除了吃就是玩，有何可传者乎"？对此"我"很不以为然，并立刻反驳：

说容容的生活"除了吃就是玩"，这样的"评价"却是不够公允的。至少从容容的角度来看，她一天到晚"除了吃"之外，大部分时间是忙于劳动、工作、公益等项，甚至有时忙到连吃饭也忘了，需得她奶奶拿着饭碗，紧跟在后面，瞅空就喂她一口，实行"监督吃饭"，因为当时容容正坐在一排椅子上，忘我地在为一群无形的乘客驾驶着公共汽车。②

任大霖在描写容容的生活时，采取的不是超然物外的旁观者的立场，他描写的其实就是作家本人"我"与容容的共同生活。比如，在《金铃子的故事》里，容容把自己最心爱的一对金铃子送给了生病住院的"我"，她希望金铃子唱歌给"我"听，以排解"我"在病床上的寂寞。这组散文里还有一篇文章名叫《"大学生"》，这个"大学生"指的是三岁的容容。容容怎么会被大家称为"大学生"呢？原来容容从"我"的书架里找书"看"，她"看"了《呐喊》《彷徨》，接着又"看"了《西游记》《红楼梦》和《莫泊桑中短篇小说选集》。容容何以如此了得？原来因为容容

---

①② 任大霖. 我的朋友容容 [M]. 沈阳：春风文艺出版社，2021: 199, 200.

不识字，只认识阿拉伯数字，所以她不念正文，只念页码，速度当然就很快了。

因为作家把自身融入了儿童的生活，所以散文中充满了对容容的关爱和两个人之间的情感，作品自然显得非常生动。

2. 作者回忆童年往事的散文

第二类是作者回忆童年往事的散文。在儿童散文中，这一类作品的数量比较多，而且质量也比较好。我们可能容易发现写得不太好的小说，但是却很少能发现写得很糟的回忆童年往事的散文。为什么会出现这种情况？因为小说是写"他"的艺术，散文是写"我"的艺术。经历了人生的风霜雨雪，在人生之路上摸爬滚打之后，当作家回首往事、书写童年的时候，沉淀的人生智慧会给作家极为重要的帮助。童年其实是所有文学创作的珍贵资源，许多作家都珍视它，并且善于用它来进行写作。

3. 表现大自然的散文

第三类是表现大自然的散文。儿童文学理论家刘绪源将大自然作为儿童文学的三大母题之一。很多散文，不论是写给成人的还是写给儿童的，其实都有关注自然、亲近自然的倾向。一些表现大自然的作品虽然不是专门为儿童创作的，但也受到了儿童的欢迎。

我举一些例子。苏联作家米·普里什文在世界上极有影响，地位极高。他将对大自然的发自灵魂深处的关切表现出来，写出了很多备受儿童读者欢迎的作品。我给大家介绍他的一篇散文《发明家》，这篇散文是用第一人称叙述的。"我"把三只小野鸭带回家，并把它们养大。三只小野鸭里有两只母野鸭，"我"给它们两个起了名字，一个叫杜西娅，另一个叫莫西娅。这两只母野鸭的性情不太一样，杜西娅是很愿意孵蛋的，但是莫西娅不愿意孵蛋。"我"只好把莫西娅不愿意孵的蛋放在了母鸡"黑桃皇后"的窝里，让这只母鸡来孵野鸭蛋。天气转暖后，杜西娅领着自己的小野鸭到池塘里游水，而"黑桃皇后"则带着自己的小野鸭到菜园找虫子。菜园里的小野鸭自然弄不明白"咯咯咯"是什么意思，而从池塘那边传来的声音它们却很熟悉。这些小鸭子情不自禁地向池塘那边望去。过了一会儿，小野鸭们向池塘游了过去。"黑桃皇后"在岸上不停地召唤它们，而小野鸭却都没有回来。杜西娅高兴地接受它们成为自己的家庭成员。可不，按莫西娅的血统关系来说，它们还是杜西娅的亲外甥呢。

这篇散文写得非常生动。这里边有着童话似的语言和情节，我觉得这不仅仅是作者用来吸引儿童读者的手段，也是作者感受和理解大自然中的生命的一种方式。作品对野鸭和家鸡不同的遗传天性的描述，可以开启儿童对生命的感悟和思考。在米·普里什文的《大自然的日历》《林中水滴》等散文集里，还有很多可以供儿童阅读的表现大自然的散文。

苏联儿童文学作家维塔里·瓦连季诺维奇·比安基最著名的作品是描写动物生活习性的散文集《森林报》，其中比较有名的一篇是《蜘蛛飞行家》。特别值得一提的是，比安基的语言简洁、生动、活泼，特别具有语文教学的价值。

我将描写动物的散文也归入表现大自然的散文里，因为动物也是大自然的一部分。

我要给大家介绍捷克作家卡雷尔·恰佩克（Karel Čapek）的一本散文《小狗杰西卡》，这本散文既是幽默文学，也是动物散文的杰作。作家采用优美生动的散文笔法，记录了自己观察记忆的内容，行文中交织着作家的主观情感和思绪。在这本书的第三章，作家介绍杰西卡是"一个极为特殊的品种'转转狗'（谁叫它每天像个陀螺似的转个不停呢），如果再往下细分的话，它属于'多动症'目，'包打听'科，'喜剧演员'属，'黑耳朵小丑'种"。

杰西卡有哪些表现呢？作者在文中是这样描述的：

人们终于可以长吁一口气，那只小狗好像在某个墙角儿安静地睡着了，至少人们可以拥有片刻的安宁和自由。可是好景不长，不一会儿，这种"神圣"的安静让人觉得多少有些不安。再过一会儿，大家开始坐不住了，四下里着急地寻找，往日爱玩爱闹的小杰西卡到底跑到哪里去了。每到这时，杰西卡就会突然出现，像个打了胜仗的英雄一样，高抬着头，骄傲地摇着尾巴；它身边撒满了小碎片儿和硬毛——我们猜那是把刷子——只是曾经是把刷子，而现在不是了。①

后来，杰西卡被几个陌生人带走了。这之后，家里是什么情况呢？文章是这样写的：

过不多久，这间房子开始显得有些死气沉沉的。怎么回事？大家开始有意地避开对方，好像是犯了错误的小学生一样，不敢抬头互相对视他人的目光。人们找遍了所有的角落，可怎么也找不到，找不到那熟悉的、"讨厌"的杰西卡了。②

我们从这些幽默的文字中感受到了家人对杰西卡发自内心的爱。这本书有一个引人注目的书封文案："天底下最顽皮的小狗，最快乐的生活。"我觉得这部散文是作者的心性之作，小狗杰西卡从来没有，也不需要用一种怀疑、狡猾或是充满敌意的目光来看这个世界。最顽皮的小狗杰西卡，过着最快乐的幸福生活，而这正是世界上所有孩子的梦想。在《小狗杰西卡》这样的散文中，我们会发现深刻的思想，体悟到作者对生活真谛的透彻领悟。

---

①② 恰佩克. 小狗杰西卡[M]. 刘巍, 译. 海口：南海出版公司, 2003: 37, 47.

4. 记述旅行见闻的散文

第四类是记述旅行见闻的散文。这类散文其实有一个专门的名称——游记。什么是游记？游记就是边走边游、边游边记。其实，很多游记都是文人墨客向山水敞开心扉的产物。游记里既有对自然景物的描写，也有对人文景观的描写。游记可以记人记事，也可以表现所游之地的风土人情。

巴金的《索桥的故事》、菡子的《黄山小记》等，都是可以给小学高年级学生阅读的。

三、儿童散文阅读教学的几个原则

在进行儿童散文阅读教学时，我们应该遵守几个原则。

1. 重视叙事性

我在归纳儿童文学分级阅读原则的时候曾经指出，要先叙事，后抒情、写景和议论。这一点，也适用于散文教学，也就是说要先将叙事性的散文推荐给小学生阅读，等学生积累了一定的文学阅读经验，感受力增强以后，再把抒情、写景、议论等散文推荐给他们阅读，这是有顺序的。而且我个人认为，即使学生到了小学高年级，我们仍然要重视选取那些叙事性强的散文。为什么这么讲？因为我认为叙事性强的散文更容易转化为语文学习的资源，更容易记忆和学习，孩子更容易把故事中蕴含的思想体会出来。另外，叙事性强的散文的语言形式、语言用法，更容易为小学生所理解和感受，语文学习也因此更容易落到实处，取得好的效果。所以我们在选取散文的时候，应该重视叙事性。

我们先看一看苏教版小学二年级的课文《秋游》：

> 秋风起了，天气渐渐凉了。同学们跟老师去郊外游玩。
> 蓝蓝的天空一望无边，几朵白云有时像一群白兔，有时像几只绵羊。
> 农田里，稻子黄了，高粱红了，棉花白了。
> 同学们有的在草地上打滚儿，有的忙着逮蚂蚱，有的向着蓝天亮开了嗓子。大家奔跑追逐，笑着喊着，多开心哪！

从文体上看，这篇课文虽然是散文，但是它的叙事性并不强。
我们再看一段一个日本小学二年级的男生写的作文《我去洗澡》：

> 昨天灯亮了以后，我去洗澡。一个名叫高道村的人生气了，冲我喊了三声，他训我："快出去。"我说："就不出去。"他把我往水里头按，我就拧了他一把。他说："你这种人就该出去。"我说："凭什么要我出去？"他还在说"出去出去"，我就和他吵了起来："像你这种人，以后别来，这可是我们基冈村的澡堂！"

如果我们把《秋游》和《我去洗澡》加以比较，哪篇文章的叙事性更强？答案是显而易见的。《秋游》里有景色描写，但是没有"真正的叙事"。《秋游》看起来有叙事，比如"同学们有的在草地上打滚儿，有的忙着逮蚂蚱"，但这不是"真正的叙事"。为什么这么说？因为事件没有展开，没有交代细节。而《我去洗澡》这篇作文里有"真正的叙事"，因为它有展开细节的叙事。

如果我们从写作的角度来分析，就更能看清楚到底是《秋游》这样的文章好写，还是《我去洗澡》这样的文章好写。对小学二年级的孩子来说，《秋游》是非常难写的。要介绍景色，把大家的几种玩法都叙述出来，还要谋篇布局把它们组合在一起，是非常难的一件事。但是写《我去洗澡》就是叙述一件事情，把这件事情的发生、发展和结局像讲故事一样往下讲就行。对孩子来说，不论是阅读还是写作，《我去洗澡》这种叙事性强的文本都更容易驾驭。

我们再看任大霖的一篇优秀散文《芦鸡》，这篇散文也有很强的叙事性。

少年的"我"和几个伙伴在梅花溇涨大水时，捉到了从上游漂下来的三只小芦鸡。"我"分到了一只，长发分到了一只，另外两个伙伴合养了一只。"我"把小芦鸡拴在了椅子脚上，那只小芦鸡绕着椅子跑，跑着跑着绳子绕到了椅子脚上，小芦鸡还是要跑，直到一只脚被吊了起来，不能动弹的时候，它才叫起来。"我"以为它是在叫疼，就帮它把绳子松开，可是不一会儿它又绕紧了绳子，腿又被吊了起来，而且叫得更响了。这个时候"我"才明白，它不是因为疼才叫，是因为不能逃跑所以才叫的。这样几次之后，小芦鸡发怒了，开始不吃东西。我只好把芦鸡的绳子解开，让它在天井里活动，但门是关着的。后来小芦鸡为了逃跑，死命地往墙上的一个洞里边挤，最后活活地塞死在洞里。而长发的那只小芦鸡根本就不吃东西，只喝一点点水，最后活活饿死了。另外两个伙伴合养的那一只芦鸡命运比较好。它肯吃东西，确实也长大了一些。最初孩子们用绳子拴着它，把它放到了鸡群里，小芦鸡也跟着鸡群一起走来走去，之后孩子们就把绳子松开了。有一天，小芦鸡跑到了河边，走到河里，游过河去，钻进芦苇丛，消失不见了。

这篇散文的结尾是这样写的：

第二年夏天，天旱。梅花溇的水完全干了，河底可以走人。有一天，金奎叔来敲门，告诉我说，从河对面走来了两只小芦鸡，他问我要不要去捉。我跑去一看，果然，两只小芦鸡在河旁走着，好像周围没有什么危险似的，坦然地走着。它们的样子完全跟去年我们捉到的那三只一样。

　　我看了看,就对金奎叔说:"不捉它们了吧,反正是养不牢的。"

　　金奎叔点点头说:"是呀,反正是养不牢的。有些小东西,它们生来就是自由自在的,你要把它们养在家里,它们宁愿死。芦鸡就是。"①

《芦鸡》是典型的叙事性散文,它有一以贯之的叙事,而且叙事十分充分,它的描写和叙事也都非常细腻。学生阅读和学习这样的散文,语文学习能力可以得到快速的提高。

2. 重视视角

　　一般来说,一篇散文中出现的"我"往往就是一篇散文的视角。我们要重视、关注"我"的呈现方式,看散文中的视角,是"我"当下的视角,还是回忆视角。在阅读回忆童年的散文时,我们尤其要辨析散文里哪些表现是当下的视角,哪些表现是回忆的视角。

　　我们可以把鲁迅的《风筝》和任大霖的《风筝》做一个比较。这两篇以"风筝"为题的散文都讲述了关于风筝的故事,但是这两篇散文的叙述却采用了不同的视角。

　　我们先看鲁迅的《风筝》。作者在叙述的时候,表现更多的不是"我"童年时的体验,而是"我"成年后的心境。《风筝》写的是"我"在少年时代,曾经故意把小弟做的风筝踩坏,因为我认为放风筝是不务正业、不干正事儿。成年以后,"我"了解到玩游戏是儿童最正当的行为,内心十分愧疚。"我"很想求得小弟的宽恕,可是当"我"向小弟提起这件事的

---

① 任大霖. 我的朋友容容[M]. 沈阳:春风文艺出版社,2021:48-49.

时候，小弟已经全然不记得了，这让"我"产生了很大的触动。鲁迅在这篇散文的结尾处写道："全然忘却，毫无怨恨，又有什么宽恕之可言呢？无怨的恕，说谎罢了。我还能希求什么呢？我的心只得沉重着。现在，故乡的春天又在这异地的空中了，既给我久经逝去的儿时的回忆，而一并也带着无可把握的悲哀。我倒不如躲到肃杀的严冬中去罢，——但是，四面又明明是严冬，正给我非常的寒威和冷气。"我个人认为这样的一篇散文不太适合给小学生阅读，因为它表现的是"我"成年后的心境，这和鲁迅当时身处的社会环境密切相关。要让小学生理解这么复杂的背景、这么复杂的人生境况以及这么复杂的成年的"我"的心境，是非常难的。

任大霖的《风筝》和这篇文章的视角很不一样。在任大霖的散文中，作者回忆了自己小时候和贵松哥哥的交往。因为"我"当时只有六七岁，而贵松哥哥比"我"大三岁，所以"我"经常做他的"跟屁虫"。贵松哥哥为了做一个漂亮一些的风筝去掏鸟窝。有一次，贵松哥哥找到了两只翠绿色的长长的蛋，卖了十五个铜板。他就用这笔钱，做了一个很漂亮的风筝。"我"和贵松哥哥去试飞风筝的时候，风筝飞得不稳，贵松哥哥就想了好多办法让它能够飞得稳。第二天，"我"去找贵松哥哥一起放风筝，结果他的妈妈说他已经被送到城里的当铺做学徒了。"我"到了贵松哥哥的阁楼上，发现"我"和他以前玩的很多东西都被摔得稀烂，但是昨天做的风筝好好地挂在墙上。"我"猜测是因为贵松哥哥不愿意去做学徒发了火。两年之后，贵松哥哥回来了，他穿着长衫，人也变胖了，变白了。作者这样写道：

> 他给我讲了不少事情，我可想的是另一回事。我想：真正的贵松哥哥哪里去了呢？也许被当铺里的师傅给锁在柜台里，永远出不来了；他们派了一个假的贵松哥哥来，他既不会爬到樟树上

去掏鸟蛋，也不会放风筝。①

读这一段时我们能感受到贵松的童年已经结束了。在任大霖的《风筝》里，"我"在讲述与贵松哥哥的交往时，一直是以一个孩子的心灵去体会、以一个孩子的眼光去观察的。和鲁迅的《风筝》不同，任大霖的《风筝》是一篇儿童视角的散文。

儿童视角、儿童眼光，在回忆童年往事的散文中具有举足轻重的作用。范锡林的散文《竹节人》也是带有回忆性质的，文章开头写道："我们小时候的玩具，都是自己做的，也只能自己做。"之后作者的叙述完全回到了童年的视角上。

有一段时间，"我"和同学们迷上了用毛笔杆做成的竹节人。竹节人有头有脚有手臂，手脚被线连在身子上，一扯动连着的线，竹节人就会做出各种动作。"我"和同学们下课的时候玩不尽兴、玩不够，上课的时候还想玩。有一次"我"与同桌上课的时候忍不住玩了起来，结果被老师发现了，竹节人也被没收了。

接着，散文中就有这样一段描写：

> 下课后，眼巴巴看别的同学重新开战，玩得欢，不禁沮丧得要命，便一起悄悄溜到办公室窗户下的冬青丛里转悠，希望老师能像往常一样，把没收的东西扯散了，随手扔出窗外。
>
> 蹲着身子，睁大眼，可一无所获。正悻悻然准备离去，却见同桌趴在玻璃窗旁看得津津有味。
>
> 我也凑过来，一探头，咦，看见了什么？
>
> 只见老师在他自己的办公桌上，玩着刚才收去的那竹节人。

---

① 任大霖. 我的朋友容容[M]. 沈阳：春风文艺出版社，2021: 95.

双手在抽屉里扯着线，嘴里念念有词，全神贯注，忘乎所以，一点儿也没注意到我们在偷看。

　　他脸上的神情，跟我们玩得入迷时一模一样。

　　于是，我跟同桌相视一笑，虽两手空空，但心满意足，轻手轻脚地溜了。

　　方才的那份小小的怨恨和沮丧化为乌有。

　　文章中老师自己偷偷玩竹节人的行为具有巨大的化干戈为玉帛的作用。我们读这篇散文不能不佩服作家发现生活的那种敏锐、独到的眼光。在教授回忆童年的儿童散文时，我们需要仔细体会"儿童眼光"。"儿童眼光"不仅反映了童年"我"的心态，而且融入了作家（成年"我"）的艺术功力和人生智慧。

3. 抓住文中那个不散的"神"

　　我们都知道，一般的散文理论里都有所谓的"散文形散神不散""散文形散神聚"的说法。的确，很多成人散文是有这样一个特点，很多作家在写成人散文时自由自在，这儿写一笔，那儿写一笔，这是所谓的"形散"。和成人散文相比，我认为儿童散文"形散"的特点并不明显。上面讲到的这些儿童散文，我们其实是比较容易感受、体会到它们的"形"的，但是要抓住它们的"神"并不容易。

　　我以韩少功的散文《我家养鸡》为例，谈一谈如何抓住散文不散的"神"，也就是抓住散文的关键点。《我家养鸡》写的是妈妈从乡下带回来四只鸡，全家人都希望它们能够下蛋。但是后来家里的口粮越来越不够吃，这四只鸡被一只一只地杀掉了，每杀一只鸡"我"都要抗争，但是这些抗争都无济于事。最后只剩下一只黄色的母鸡，它孤零零的，哪里都找不到它的朋友。直到放学时分，才有"我"来给它喂食。后来全家饿慌了，把黄母鸡的口粮也取消了。"我"忍着饥饿，每餐饭都会给母鸡留一口饭。但是最后，最揪心的事情终于发生了。"我"放学回家后见小院子里空荡荡的，而厨房里飘来一丝鸡肉的香味。"我"再也忍不住，跑到房里，伤心地大哭起来。

鸡养大了就是要让人吃，这是成人社会的生存法则。从这个角度来看，我们不能说杀掉黄母鸡的大人就是很坏的。我们还可以说"我"感情用事、十分幼稚，但是儿童的世界就是儿童的世界，它不是成人的世界，它很理想化。所以，我们在了解了"我"内心的想法后，不会轻视"我"的泪水和之后拒食鸡肉的行为，就像我们不会漠然看待因"不食周粟"而饿死于首阳山上的伯夷、叔齐一样。

其实，这篇散文揭示出了儿童在成长过程中都会遇到的一种冲突——快乐原则和现实原则之间的冲突。这篇散文里的爸爸妈妈，还有"我"的哥哥姐姐们，遵循的是成人世界的现实原则，而作为小学生的"我"遵循的是快乐原则。

我个人认为一个孩子坚持快乐原则，其实是有很大的价值的。如果一个孩子过早地放弃了快乐原则，过早地遵循现实原则，他的精神成长可能会出现问题。当然，这是非常复杂的问题。我觉得我们在进行《我家养鸡》这篇散文的阅读教学时，要抓住的最重要的一点是：面对养鸡、吃鸡肉这件事，孩子和成年人抱持着不同的价值观。抓住了这一点，就抓住了这篇散文的关键。

问与答

问：您说小说是写"他"的艺术，散文是写"我"的艺术。但是很多小说的主人公也是"我"，虽然这里的"我"不能与作者等同起来，但是我们在阅读的时候，特别是孩子阅读的时候，可能会弄混这类小说和散文（特别是叙事性的散文）。我想请问一下，您有什么办法能准确地区分呢？我们带着孩子阅读的时候，是否需要很清楚地告诉孩子作品的文体？

答：正像这位老师说的那样，有时一篇作品究竟是小说还是散文，我们是很难区分的。比如，林海音的《城南旧事》特别像散文，如果不是林海音在自己的文章中说书里边有些事情是虚构的，不是真实的，我们其实很难把它当作小说，我们可能就会认为它是散文作品。

如何区分一篇作品是小说还是散文？我们要做案头工作，要做研究，要做调查，了解这个作品，了解作者，了解这个作品产生的过程，了解作者对这个作品的认识。通过大量的研究，我们对作品文体的定位就会更准确。有了准确的文体定位后，我们在面对很像散文的小说时，就一定要划分清楚，不要把小说中的"我"当成作家本人。在讲解这样的小说时，我们可以向学生介绍作家都创作了哪些作品，但是不要把小说中的"我"看成是作者。比如鲁迅的《故乡》，尽管《故乡》里的"我"和鲁迅的经历有些相似，但是我们不要把《故乡》里的"我"说成是鲁迅。

在教授散文作品时，我们可以结合作家本人的生活经历来进行分析。通过分析散文中的"我"，进一步了解作家，或者通过了解作家，进一步感受散文中的"我"。毕淑敏曾写了一篇名为《孩子，我为什么打你》的散文。"我"在跟朋友聊天的时候说自己从未打过人。"我"的儿子恰巧在旁边，他说："你经常打一个人，那就是我……"散文中的"我"和作者本人是重合的。那么，在教授这样的散文作品时，我们可以适当地联系作者本人的经历，以加深学生对作品的理解。

第九章　整本书阅读的教学方法

一、什么是阅读

随着语文教育课程改革不断向前推进、向深发展,大家越来越重视阅读。关于"什么是阅读",其实还存在着不少认识上的误区,这种误区也反映到了小学语文教材上。我们现在使用的是统编小学语文教科书,而在此之前大概一共有十几种小学语文教材。我们从这些小学语文教材的选文、课后练习的设计中就能看到,大家对"什么是阅读"的理解还是存在一些问题的。比如,阅读不只是辨认单个的字词,也不只是背诵好词好句。然而一些语文教材却常常围绕着好词好句来设计,特别是"好词"。而且有的教材编写者认为所谓"好词"就是指一些形容词、成语。但是,我个人认为阅读是建构意义的心智活动,是读者接受文本提供的各种各样的信息后,再把这些信息加以理解和整合,进而体会出整个文本想要传达的意义。因此,从建构意义这个角度来说,文本中的形容词、成语并不起最主要的作用。起最主要作用的是什么词呢?

我在上文中提到短诗《笑了》。我认为这首短诗写得很好,因为它有非常强的表现力。它用短短的几句诗就非常精彩地表现出在一个家庭里妈妈或者说妻子起到的"主心骨""顶梁柱"的重要作用。这首诗里有"好词""好句"吗?如果按照有些教材编写者的理解,这首诗里一个"好词""好句"都没有。有什么呢?动词。在这首诗中,动词写出了妈妈"主心骨""顶梁柱"的作用。

事实上,很多优秀的作家和诗人在创作时看重的并不是形容词和成语,而是动词。比如,诗人余光中、小说家老舍都认为在文学作品里,形容词和成语起的作用不大,真正起作用的是动词。因为动词是表现人的行为和动作的，而我们的心性和性格都是通过行为和动作来表现的。所以，从建构意义这个角度来说，动词起了主要作用。

当然，在阅读学习中，辨认单个的字词，背诵好词、好句，摘抄段落，可以起到一定的作用，但起不到根本的、主要的作用，起主要作用的是"建构意义"。也就是说，学生和老师在阅读的过程中，要重视建构意义，也就是梳理、理解和分析文本提供的丰富的、甚至是复杂的信息，最后获得一种新的认知。理解"什么是阅读"是我们讨论整本书阅读的基础。

二、什么是整本书

我想先对"整本书"这一概念的多层内涵做一个分析。

第一个层面，从出版形式上看，整本书是一本书，区别于报纸、杂志等出版形式。当然，报纸和杂志有时会连载一部长篇作品，但这种形式与整本书还是不同的。因为一期杂志和一期报纸只能呈现一部完整作品的一部分，而整本书直接就能呈现一部完整的作品。在这里，我要特别说明一下：绘本也是一本书，但我并不把绘本看作整本书。因为我认为整本书是一部长篇作品，或者是由很多短篇作品汇集而成。而绘本所讲的故事的规模与我们所说的长篇小说（如长篇幻想小说、长篇动物小说）的规模是不同的，绘本故事的内容容量与一篇短篇小说相当。

第二个层面，从文学形式上看，整本书可以分为 A、B、C 三类。我个人认为，如果我们不把整本书从文学形式上加以分类的话，整本书阅读的教学效果很可能会大打折扣。我们具体看一下这三类。

我们先看 A 类。A 类作品是以篇幅来划分的，我将 A 类又分成两类。

第一类是长篇作品。勒·班台莱耶夫的《表》（我将这本书看作长篇作品,但是如果按照成人文学的标准,它可能被归为中篇作品。因为成人文学的长篇作品往往有几十万字甚至上百万字,但是儿童文学中长篇作品通常就是《表》这样的篇幅)、加拿大作家 E.T. 西顿(Ernest Thompson Seton)(也被称为"动物小说之父")的《塔拉克山的熊王》、美国儿童文学作家埃莉诺·埃斯特斯(Eleanor Estes)的《一百条裙子》都是长篇作品。

第二类是短篇合集。《安徒生童话》《格林童话》(倘若将《格林童话》全部收集起来,一共有二百一十多篇,但是我们大部分时候看到的是精选版的《格林童话》)、叶圣陶的《稻草人》(这是一本童话集)、冰心的《寄小读者》(这是一本写给儿童的散文集),都是短篇合集。短篇合集和长篇作品的阅读教学方法是不一样的。

我们再来看看 B 类。B 类作品是按照故事的写法来划分的,我也将 B 类分成两类。

第一类是成长故事。所谓成长故事,就是指在整个作品中有一条一以贯之的主线,在主线的发展过程中会出现波澜和分支,但是所有波澜和分支都是紧紧围绕这条主线展开,这条主线在故事中从头贯穿到尾。而主人公一直在这条主线上,主人公的心理、性格、意志、品质会不断成长,即在作品中,主人公会克服自己在生活中、成长中出现的困难、波折,实现自我心智的成长。典型的成长故事包括美国作家赫尔曼·沃克(Herman Wouk)的《纽约少年》、秦文君的《天棠街3号》、彭学军的《你是我的妹》等。

第二类是反复故事。反复故事的特点在于其故事的主人公是固定的。当然,主人公身旁还会有一些次要的角色,并且有些作品不止有一个主人公,也可能有两个或三个主人公。但是不管怎样,故事的主人公是固定不变的。并且,与成长故事主要讲述一件大事不同,反复故事讲述的是一件又一件没有内在必然关联的小事。例如,"青蛙和蟾蜍"系列故事里有《好朋友》《快乐时光》和《好伙伴》等故事。"小淘气尼古拉的故事"和

"花田小学的属鼠班"都是典型的反复故事。

我们可以这样理解成长故事与反复故事的区别。成长故事就好像用一根线串起的一条项链，有一条主线。若拿掉这条项链上的任何一个珠子，这条项链就会被弄断，珠子就会散落满地。但是，反复故事与此不同，它没有主线，就好像在一条线上挂了很多钩子，在这些钩子上又放上珠子，即使从某个挂钩上拿掉一颗珠子，其他珠子也不会散落。也就是说，即使我们拿掉反复故事中的一个故事，其他故事也不会因此受到影响。比如，我们将"青蛙和蟾蜍"里的《好朋友》这个故事删掉，并不会影响这套书或这一系列故事的存在。这就是成长故事和反复故事的区别。

我们在阅读成长故事与反复故事时采用了不同的策略。阅读反复故事时，我们都是喜欢哪个故事就读哪个故事，因为故事间没有联系。但是，阅读成长故事时，我们必须牢牢把故事前面发生的事记在心里，一旦忘记，就无法找到后面发生的事情的根据和因由了。所以，我个人认为，与反复故事相比，成长故事需要更复杂的心智、更好的阅读能力。因此，在整本书的阅读教学中，如果我们想引导学生进行有深度的、复杂的阅读，就要选择成长故事。虽然反复故事也有自己特定的功能，众多小故事汇聚在一起也能给读者深刻的感受（比如"青蛙和蟾蜍"系列故事用一个又一个鲜活的故事写出了青蛙与蟾蜍不同的性格与心理，展现了他们之间的友情），但是成长故事对学生的阅读能力、心智水平要求更高。从这个角度来讲，成长故事更有质感，有更为强大的功能，能发挥更为重要的作用。

在上面的分类中，A类与B类之间经常有交叉，A类中的第一类"长篇作品"往往就是B类中的第一类"成长故事"。不过，A类的第二类"短篇合集"和B类的"反复故事"却是不同的，"短篇合集"中一个新的故事会出现一个新的主人公（例如《安徒生童话》《稻草人》），而"反复故事"里所有短篇故事都是围绕着共同的人物展开。所以，A类与B类只是有交叉，并非完全重合。

最后，我们再来看C类。C类比较特殊，我将桥梁书看作整本书在文学形式上分类的 C 类。

桥梁书也分为两类。

第一类由一个个小故事组成,这与反复故事的形式一致。这些小故事之间各自独立,但写的又都是共同的人物。例如,我们前面提到的"花田小学的属鼠班"都是反复故事形式的桥梁书。

第二类桥梁书与反复故事不同,是由具有一条主线的一个故事构成。奥地利作家克里斯蒂娜·涅斯特林格(Christine Nostlinger)的"弗朗兹的故事"共十八本,都已在中国出版。其中,除了第一本里包含三个故事外,剩余的十七本都是每一本只写一个独立的、完整的故事。这些完整的故事包含发生、发展、高潮和结局。在这一点上,它与 A 类的长篇作品、B 类的成长故事是一样的。但它们的篇幅不同。A 类的长篇作品、B 类的成长故事往往有一个与短篇作品相比更加宏大的结构;而桥梁书中由主线一以贯之的故事规模比较小,一个故事通常只有七八千字,至多一万多字。

以上就是我从文学形式的角度,将整本书分成的 A、B、C 三类。我们在进行整本书阅读教学的时候,正确地对文本进行分类,可以让教学设计、教学方式变得更好。

三、整本书阅读与单篇作品的阅读有哪些区别

整本书阅读与单篇作品的阅读之间,大概有以下四个区别。

1. 整本书包含更多的信息

整本书和单篇作品的容量大小不同。与单篇作品相比,整本书信息量更大、结构更复杂、建构意义的难度更高。因此,整本书阅读属于复杂

阅读，需要较高的阅读能力。人的语言能力是与生俱来的，但阅读能力不是。语言能力对我们来说已经是一种本能。美国的阿夫拉姆·诺姆·乔姆斯基（Avram Noam Chomsky）、加拿大的史蒂文·平克（Steven Pinker）等世界顶尖的语言学家、心理学家们认为，人类的语言能力现在已经变成了一种遗传基因。但是，阅读能力并不是我们与生俱来的，而是后天发展、培养出来的。通过阅读实践的刺激，人的大脑会形成一个阅读的"通路"，就像我们常说的神经通路那样。这种阅读的"通路"，有的人很短，有的人就很长。阅读"通路"很长的人才能够进行复杂阅读。所以，我们需要通过整本书的阅读教学加长学生头脑中的阅读"通路"，培养学生的复杂阅读能力。这是整本书阅读教学非常重要的作用。

阅读与记忆有关，好的记忆力有助于阅读能力的发展。以我个人为例，我自认为我现在的阅读能力还很强，因为我的记忆力还不错，我的阅读经验越来越丰富，我的人生阅历越来越丰富，这些都能帮助我阅读。阅读经验和生活阅历都会在读者建构文本的意义时发挥非常重要的正面作用。但是我不敢保证自己80岁以后还能保持现在的阅读能力，因为到那时也许记忆力会衰退。80岁的人读一本长篇小说，就有可能出现读到后面时将前面的故事铺垫忘记的情况。中小学生正处在记忆力最好的阶段，用整本书阅读教学提高其阅读能力，效率比较高。

大多数情况下，整本书比单篇作品的信息量更大。英格兰地区据此进行分级阅读的研究和教学。该地区以一页书上句子的多少为依据划分阅读材料的级别。比如，每页只有一个句子的书在分级时会被归入层级比较低的系列，每页有两三个句子的书就又高了一个层级，每页有五六个句子的书会再高一个层级。当然，这种划分方式有其自身的道理，适用于大多数图书。但是这种划分方式并不是一个绝对的、放之四海而皆准的真理。比如，在大家熟知的谢尔·希尔弗斯坦的绘本《失落的一角》中，大部分页面只有一句话，但是阅读与理解这本书却非常有难度，因为它是一本有哲学意味的书。如果按照英格兰地区的分级方式，它就会被放到一个低层级的系列中（比如小学一、二年级）。可是如果让我来划分，我认为若想真正地体会、深入地理解这本有哲学意味的绘本，小学五、六年级的学生可能更合适。

2. 整本书有更复杂的结构

短篇小说的结构是非常单纯的，有时甚至是很单一的。而整本书的结构就很复杂，有些作品哪怕只是一个单线结构，这个单线结构也会不断出现波澜、曲折；有些作品是一条主线＋一条副线或一条主线＋两条副线（甚至三条副线）的结构；有些作品是两条线相互交织的结构。这些复杂的结构，我们在短篇作品中很难看到。

3. 整本书中的人物性格更复杂

这一点在我们前面所说的成长故事中体现得尤为明显。在这些作品中，主人公的性格是不断变化、发展的。但是在一个短篇作品中，主人公的性格基本上是固定的。在我前面介绍的反复故事中，主人公的性格基本上是固定不变、不发展的。例如，"青蛙和蟾蜍"系列故事中的青蛙一上场时是什么性格，后边还是什么性格，蟾蜍也是一样的。

4. 整本书有更多、更复杂的人物关系

这与整本书的结构及人物性格更复杂是相互联系的：整本书信息量更大，当然就会出现更多的人物，具有更复杂的人物关系。因为没有复杂的人物关系，就难以表现出主人公在故事中的成长。我们知道，作品中的主人公必然会在成长过程中遇到困难和挑战，而这些困难和挑战很多时候就是复杂的人物关系造成的。

四、进行整本书阅读指导必须具备文体意识

我认为小学语文教育应该是一种文学教育，因为小学语文教育教学的资源（包括教材）是以文学作品，尤其是儿童文学作品为中心的。说明文、应用文当然也很重要，但是文学作品应是第一位的。所以，如果我们想成为一位优秀的小学语文老师，必须具备文学鉴赏能力，尤其是对儿童文学的鉴赏能力，这是我们做好阅读指导的基础。

文学鉴赏能力最重要的一个方面，便是"文体意识"。"文体意识"是什么？就是我们要认识到，不同文体的文学作品有不同的、具体的表现形式，表现内容也有所不同。比如，诗歌往往是抒情的，诗歌即使进行叙事，也达不到小说的深度和广度。我们只有对这一点做到心中有数，在进行整本书阅读教学的时候，才能明确方向。

文体意识和整本书阅读教学之间有着非常重要的关系，我以长篇小说《狼王梦》为例来说明文体意识的重要性。很多教师都把沈石溪的《狼王梦》看作动物小说。其实，《狼王梦》不是真正的动物小说，因为真正的动物小说需要真实地描写动物在自然中的本真生存状态，需要写出动物真实的生活、心理和情感。我们知道，动物也有心理活动和情感。我们熟知的电影《忠犬八公》，讲述的就是一只忠诚的狗的故事。这只狗的主人是一位大学教授，狗每天都会将主人送到车站。一到主人要下班的时间，狗就趴在车站门口等主人回来。有一天，他的主人因病去世。主人不能回来了，但这只忠诚的狗还是一天又一天、一月又一月、一年又一年地趴在车站前，等着自己的主人回来。这种情感让我们很感动。

《狼王梦》里也写狼，也写狼的心理。但是大家注意，《狼王梦》所写的其实并不是一只狼的心理，而是一个人的心理。书中的母狼紫岚希望后代出一个狼王的"狼王梦"、狼的算计等，其实都是人类的心思，背后的价值观也是人类才有的。我并不认为这样的作品是动物小说。我们只有具

备一定的文体意识，才能够分辨出沈石溪大多数的（像《狼王梦》这样的作品）所谓长篇动物小说，其实都不能算是真正的动物小说。

整本书阅读会涉及许多文体，比如写实小说（也被称为现实主义小说）、动物小说（如《塔拉克山的熊王》）、幻想小说（如陈丹燕的《我的妈妈是精灵》、英国作家玛丽·诺顿（Mary Norton）的《地板下的小人》）、科幻小说等。我们只有先明确一本书是哪一种文体，在做阅读教学时才能心中有数。

五、整本书的结构类型

分析整本书时，要重视分析整本书的结构，因为只有将结构分析清楚，才能将一部作品中丰富、复杂的信息梳理明白。下面我将介绍整本书的几种主要的结构类型，供大家参考。

1. 单线贯穿结构

我要举的例子是美国作家埃莉诺·埃斯特斯的《一百条裙子》。这部小说有一条没有往外生出分支，以单线贯穿全书的线索。这条线索是什么呢？维果茨基说，一个文学作品的标题往往表述了作品的内容，而且要比一件绘画或一首音乐的名称在更大程度上完成它的意思。书名"一百条裙子"就是这部小说的主线，它贯穿于作品的始终，支撑起作品的结构。

旺达·佩特罗斯基是波兰裔女孩儿，大家觉得她那长长的名字很奇怪。旺达每天都穿着一条褪了色的、晾得走了形的蓝裙子来上学，因为她家境贫寒，只有这一条裙子。然而，就在一个晴朗的秋日，女孩儿们围着一个同学，欣赏她身上穿着的新红裙子。女孩儿们都很兴奋，一起讨论着美丽的裙子，没人理睬不起眼的旺达。旺达告诉其中一个女孩儿佩琪说自己有一百条裙子。大家都很怀疑，但旺达坚定地说她有。大家问它们在哪里，旺达说挂在她的衣柜里。

旺达之所以对大家撒谎，是因为她一直被大家忽视，太想融入女孩儿们之中，而这样说，才会引起关注。可是，事与愿违，旺达却因此成了大家嘲讽的对象。只要有机会，佩琪都要当着大家的面，问起旺达的那一百条裙子，令她陷入尴尬之中。每当这个时候，佩琪的好朋友，家境也不富裕的玛蒂埃都会感到心里不舒服。但是，她没有勇气当面劝阻佩琪别再这样做。因为"她想象着，自己就站在校园里，成为以佩琪为首的女孩儿们的新'标靶'。佩琪会问她，她身上的那条裙子是从哪儿来的，玛蒂埃则只有坦白承认那是佩琪的一件旧裙子。"[1] 就在大家的嘲笑、戏弄中，从某一天开始，旺达不再来上学。但是，旺达参加绘画大赛的作品却获了奖（这时旺达已经搬家）。旺达的作品是一百幅画，每张画上的女孩儿都穿着一条各不相同的美丽的裙子。老师在公布获奖者之后，给全班同学读了旺达父亲寄来的信，佩琪和玛蒂埃才意识到旺达受到了伤害。两个人去旺达的家，但是已经人去屋空。于是，她们以十三班的名义给旺达写了一封表达友情的信。在期盼了很久以后，十三班终于收到了旺达的回信。旺达在信中说，班上的女孩儿可以保留她的那些画。她还特别说明，"我想把那张画着绿色带红色花边的裙子的画送给佩琪，那张画着蓝裙子的画就送给她的朋友玛蒂埃，给她们做圣诞礼物吧"[2]。

通过旺达送的画，玛蒂埃和佩琪都感受到，旺达是喜欢她们的。回到家，玛蒂埃把画挂在墙上，久久地注视，泪水模糊了视线。突然，她注意到画上人物的头部和脸部，竟然发现，旺达画的就是她自己！玛蒂埃兴奋地跑到佩琪家，果然，给佩琪的画上画的也是佩琪。佩琪说，旺达一定是

---

[1][2] 埃斯特斯.一百条裙子[M].袁颖，译.天津：新蕾出版社，2011：32, 66.

真的喜欢我们！她俩不禁回想起孤单地站在校园里的旺达那落寞的身影。

《一百条裙子》是以玛蒂埃为叙述视角的，小说中几乎全部叙述，都是围绕着"一百条裙子"展开。旺达的孤独以及想融入女孩儿们之中的努力，佩琪等人对旺达的嘲弄，玛蒂埃的矛盾心理，玛蒂埃和佩琪的转变，无一不是围绕着"一百条裙子"展开。小说的高潮是旺达将自己的获奖绘画送给了班上的女孩儿们。令人惊异的是，旺达在被佩琪欺负、嘲弄时，画了佩琪和玛蒂埃的肖像。她得多么渴求友情，才能做出这样以德报怨的事情来啊！

2. 双线交织结构

我国儿童文学作家程玮的《俄罗斯娃娃的秘密》就是典型的双线交织结构。程玮是一个非常会写小说和故事的作家，她的故事讲得很有趣。在德国生活的她选择写德国孩子的心灵成长，是有其生活基础的。《俄罗斯娃娃的秘密》有两条交织在一起的线索，其中一条线索是夏洛特一家，另一条线索是玛娅一家。两个家庭非常不同。夏洛特生活在一个奇怪的家庭里，她的爸爸是一个哲学教授，他经常一个人躲进车库里去睡觉。有的时候，他还会"消失"好多天，连夏洛特的妈妈都不知道他到哪里去了。玛娅生活在一个所谓的幸福家庭里，她的爸爸妈妈相亲相爱。她的爸爸在大公司工作，一下班就马上回家，从来不在外面和自己的同事喝酒。可是，突然有一天，玛娅的爸爸失踪了，到处都找不到他。于是，玛娅和夏洛特就想解开这个谜题。而在解谜的过程中，夏洛特和玛娅明白了"自我确认"的重要性。原来，夏洛特的爸爸其实是想拥有一个具有独立自我的生活。所以，他爱一个人躲进车库，他爱一个人出去。而玛娅的爸爸突然离家出走也是为了追求一种个人的、独立的空间，也就是（相对意义上的）一种自由的生活。由此，夏洛特和玛娅都明白了"自我确认"是非常重要的：每个人都应该有一个"自我"，都应该通过在生活中保留属于个人的时间和空间来建构这种"自我";即使是最最亲近的人之间,也应该留出一点儿空间,保持一段距离。了解了这些,夏洛特就理解了自己的爸爸,玛娅也理解了自己的爸爸。由此可见,《俄罗斯娃娃的秘密》显然是通过交织在一起的双线结构来探究"自我确认""自我建构"的主题的。

在很多幻想小说里都有双线交织结构。比如,《夏洛的网》中就有幻想世界和现实世界这两条线索。所谓幻想世界,就是小猪威尔伯和蜘蛛夏洛、老鼠坦普尔顿等动物的世界。在这个幻想世界里,动物之间能够用语言交流。所谓现实世界,就是小猪威尔伯的主人一家的现实生活。同时,这两条线索又交织在一起,因为小猪威尔伯的生活和他的主人家的农场生活是一体的。需要注意的是,尽管这两条线索交织在一起,但是小说中的人物没有跨越物种的界限。比如,人类无法直接用语言和小猪威尔伯、蜘蛛夏洛交流对话。这是《夏洛的网》中的处理方式。

3. 主线和单副线结构

我以英国作家杰奎琳·威尔逊(Jacqueline Wilson)的《坏女孩》为例进行说明。《坏女孩》这本书的主线是曼蒂,副线是坦尼娅。

《坏女孩》写的是十岁的曼蒂怎样走出被同学欺负的困境,由自卑、懦弱变得自信、坚强。在故事的开始,曼蒂有一个倒错的自我,她嫌弃自己年老的父母:"我的愿望非常强烈,有时夜里躺在床上,我就假装自己是被收养的,有一天我的亲生妈妈和爸爸会来把我接走。他们非常年轻、精干、时髦,他们让我穿最时新的衣服……"[①]曼蒂之所以会这么想,与欺负她的基姆等人对她父母的嘲笑有关。由于基姆等人造成的消极影响,曼蒂出现了"角色混乱":"我不知道自己长大了想当什么,只要不当我自己

---

① 威尔逊. 坏女孩[M]. 蔡文, 译. 北京: 人民文学出版社, 2004: 9.

就行了。"① 在基姆等人嘲笑曼蒂的妈妈年老、臃肿时,曼蒂竟说自己是被收养的。倒错的自我是虚弱无力的,她最终还是无法抵御欺负她的基姆等人随意的一击。

就在这时,坦尼娅出现了。曼蒂之所以想和坦尼娅交朋友,是因为她从坦尼娅那里,能够得到积极的自我暗示:坦尼娅不仅喜欢她的房间、她的头发,还喜欢她的妈妈、爸爸,而且坦尼娅要比欺负她的基姆更凶、更强大,坦尼娅说一句话就让基姆灰溜溜地走了。有了坦尼娅这个朋友后,曼蒂逐渐敢于对妈妈发表意见,坚持自己的要求。这个矮小的、被妈妈当小孩子看待的女孩儿,现在用妈妈的话讲是"变得很没礼貌了"。但是,坦尼娅是个"坏女孩儿",她从商店里偷东西。曼蒂了解了坦尼娅的不幸和无奈后,开始接受这个"坏女孩儿"的友谊。当坦尼娅由于偷东西要被送走时,曼蒂还是不舍弃这个"坏女孩儿"。她不顾妈妈、爸爸的阻拦去和坦尼娅告别,并且把自己喜欢的七色水彩笔送给坦尼娅当分别礼物。曼蒂这样做的原因是什么?原因就在她对父母"喊出来"的这段话里:"梅勒妮年龄相称,出身、经历也挺好,你们觉得她和我交朋友正合适。可梅勒妮对我那么坏,跟基姆和萨拉合伙欺负我。她们真可恨。可坦尼娅对我一直很好。"② 就是说,曼蒂洞察了坦尼娅才是真正的好女孩儿。曼蒂从希望自己是被收养的孩子,到对自己的妈妈说出"你谁的妈妈也不是,就是我的妈妈",在其成长的过程中,坦尼娅的积极影响不容小觑。作者把握了人物心理的变化,把情节发展的因果逻辑暗示得恰到好处而又十分有力。

在这部小说中,坦尼娅这条副线非常重要,离开了这条副线,主线上的主人公曼蒂的成长就难以实现。

---

①② 威尔逊. 坏女孩 [M]. 蔡文, 译. 北京: 人民文学出版社, 2004: 11, 155.

4. 主线和双副线结构

具有主线和双副线的整本书结构更加复杂，我以彭学军的《你是我的妹》为例进行说明。《你是我的妹》写的是湘西的生活，其主线是苗家姑娘阿桃的生活命运，以及阿桃对"我"（一个汉人小女孩儿）的影响。《你是我的妹》有两条副线，副线一是"我"与妹妹老扁的关系，副线二是"我"与阿秀婆的故事，这两条副线和主线有密切的联系，丰富和加强了主线，也进一步突出了作品的主题。

我们先看主线。"我"来到湘西后很快与阿桃成为好朋友。阿桃聪慧勤劳，是家中长女，她下面有四个妹妹。她的母亲十分瘦弱，她以自己稚嫩的肩膀挑起了照顾妹妹的担子。在那个年代，苗家少女到十五六岁就开始讨论婚嫁。阿桃和龙老师相爱时，她的母亲又生下了一个妹妹（小说中称她为"妹"）。恰在这时，龙老师的父亲患病，巫师说龙老师必须娶亲冲喜。阿桃家为了阿桃的婚事只好将无人照顾的妹送给其他人家。但是，阿桃过于想念妹，把妹接回家，放弃了与龙老师的婚姻。就在龙老师与其他姑娘结婚不久，阿桃的妹却意外地死于野猪之害。

我曾经认为《你是我的妹》主要表现的是"我"的成长，而少女阿桃只是深刻影响着"我"的人物之一。如今重读《你是我的妹》，我却想修正当年的看法：这部小说虽然表现了"我"的成长，但是，小说真正的主人公其实是苗家少女阿桃。作品写的是阿桃在本该由大人承担的艰辛和苦难面前的忍受力，以及为了亲情的献身精神。

副线一是"我"与妹妹老扁的关系。作者虽然对这一副线着墨不多，但它是由主线发展而来的，对叙述主线不可或缺，在表现"成长"主题方面起着极大的作用。

阿桃送妹事件唤醒了"我"对老扁的关爱。作者在第十一章"我和老扁空前和睦的日子"里，细腻地描写出了这一变化。夏天到了，"我"与老扁从床下找到了"我"穿过的旧凉鞋。这双旧凉鞋老扁穿也太小了，但家里为筹集路费，无法为老扁买新鞋。看着老扁盯着商店里的一双粉红色凉鞋时热切的目光，"我"下决心为老扁买下它。为此，"我"每天放学后去筑路工地锤石子。"我"手上磨起了血泡，一握锤子钻心的疼。经过多日苦干，"我"终于让老扁穿着美丽的粉红色凉鞋走进了夏天。

"我"为老扁做的这些事也感动并影响了老扁的生活。有一次，老扁帮"我"抬碎石子时筐绳断了，石子正好洒在经常欺负老扁的同学六指锤好的碎石子上。就在六指拒不归还石子时，素来胆小柔弱、忍气吞声的老扁突然冲上来，猛地推了六指一把。老扁高举起锤子，眼睛瞪得溜圆。六指退缩了，而且以后再也没有欺负过老扁。老扁显然是为了姐姐的汗水不白流才突然变得英勇起来的。在这里，我们真切地体会到了老扁的成长。

副线二讲述的是"我"和阿秀婆的故事。阿秀婆是一个看起来有点儿疯癫的老太婆，孩子们都怕她，但是她很喜欢孩子们，有好吃的东西就给孩子们。阿秀婆之所以变得疯癫是因为她八岁的女儿被土匪杀死了。后来特别喜爱孩子的阿秀婆为了救"我"献出了自己的生命。苗家人把阿秀婆的葬礼当作喜事来办。大家没有过多的哀伤，反而是以一种喜悦的心情送阿秀婆到另一个世界去。这件事表现出了苗家人坚强、达观、乐天的生命观。

"我"与阿秀婆的这条副线，使小说的叙述结构更加丰满，使"我"的成长进入一个新的层面："我"学会了透过表象体察人真实的内心世界；同时，阿秀婆欢欣无比的葬礼也令"我"感受到了苗家人豁达的人生观。作家将为民除害的阿秀婆的死亡变成了对生命的歌颂。不能不说，这种艺术处理是契合儿童文学的生命价值观的，它显示了作家的悟性。这条副线与其他叙述线索组成了有机的整体，共同完成了"成长"主题的建构。

5. 树状结构

秦文君的《天棠街3号》也是一部长篇成长小说，它的结构是"树状结构"。

"这一天，发生了太多无序的事，就像这第十七棵树，枝枝蔓蔓伸向各处。"[1] 这是作者在《天棠街3号》开头部分里描写完郎郎、解伟、郎思林三个少年一天经历后写下的一句话。我读第一遍时，并没有在意这句话。但是，读第二遍时，我一下子发现，在作者对"这一天"的描写里，充满了伏笔和暗示，小说后来生出的重要情节，几乎都在"这一天"里埋下了种子。

一部小说，特别是写给青少年的小说，一开始就写得"枝枝蔓蔓伸向各处"，弄不好，作品会变成散乱的杂木丛。可是，秦文君把伸向各处的枝蔓都收束成一棵婆娑的大树，依靠的是什么？是大树的主干——少年的"成长"。

六、整本书阅读教学的注意事项

我将整本书阅读分成两种形式。

第一种是"自主阅读"。学生放学回家后，或者周末、假期在家里时，自己拿出一本书来阅读、翻看，这种阅读叫自主阅读。一些学生会把书带到学校，自己利用课间休息的时间、自习的时间、午休的时间埋头阅读，这也是一种自主阅读。

第二种是"指导阅读"。所谓指导阅读，就是由我们教师指导的阅读。指导阅读主要有两种形式，一种是班级读书会，另一种是整本书阅读课。整本书阅读课是指我们在语文课堂上进行整本书阅读教学。

---

[1] 秦文君. 天棠街3号 [M]. 杭州：浙江少年儿童出版社，2018: 33.

我在前面已经讲过，长篇作品和成长故事更有质感，更复杂，更有助于提高学生的阅读能力。所以，接下来我将集中讨论长篇作品和成长故事的整本书阅读教学方法。

1. 教学之前要对作品进行整体性的研究

整体性的研究对于整本书阅读教学来说尤为重要。因为整本书阅读常常涉及对作品结构的研究，而离开了整体性研究，结构研究就无从谈起。另外，阅读本身就具有整体性。维果茨基曾说过，一个词从句子中获得它的意思，一个句子从段落中获得它的意思，一个段落从书中获得它的意思，而书则从作者的全部著作中获得它的意思。这句话的意思是，我们如果想很好地理解一个词、一个句子、一个段落的含义，就得掌握整本书的含义。其实，很多语言学、阅读学、教育学的研究者都是从语言的整体性出发，来探讨语言学习的问题的。比如，英国教师吉尔伯特·蔡尔兹（Gilbert Childs）在著作《做适合人的教育》中提出从整体到部分的学习方式。美国研究小学语文教育的学者 P. L. 麦克林托克（P. L. Maclintock）指出，孩子们与更艺术、更有序的文学进行频繁、深刻的接触，可以培养想象力及观察、虚构等能力。在文学世界里，孩子们能够清楚地看见并了解那些由美好细节构成的完整、有序的整体。P.L. 麦克林托克认为，孩子是具有整体思维能力的，我们要通过那些更艺术、更有序的文学的教育教学进一步发展其整体性思考的能力。

2. 要将学习的重点作为阅读与教学的切入点

我们面对任何一本书（长篇作品也好，成长故事也好），先要找到一个切入点，继而把这个切入点放大开来、蔓延开去，涵盖整个作品。

"文有文眼，诗有诗眼"，一部长篇作品往往也有最重要的一点。当然，一本书中重要的可能不止一点，你从这个角度看，这一点最重要；而当你从另一个角度看时，可能另一点更重要。无论如何，我们要找到重点，再通过这个重点来"牵一发而动全身"。我再以《夏洛的网》的阅读教学为例。故事讲述了在朱克曼家的谷仓里，快乐地生活着一群动物，其中小猪威尔伯和蜘蛛夏洛建立了最真挚的友谊。然而，一个可怕的消息打破了谷仓的平静：威尔伯未来的命运竟然是成为熏肉火腿。作为一只猪，悲痛绝望的威尔伯似乎只能接受任人宰割的命运，然而，看似弱小的夏洛却说："我救你。"于是，夏洛用自己的丝织出了被人类视为奇迹的文字，并彻底逆转了威尔伯的命运——威尔伯在集市的大赛中赢得了特别奖项和一个安享天年的未来。可这时，蜘蛛夏洛却因织字用丝过多，心力衰竭而死。

我们可以由《夏洛的网》结尾处的一段话切入，引导学生思考作品的主题。这段话是这样的：

> 整个冬天，威尔伯一直盯住夏洛的卵袋看，像是护卫它自己的孩子。它在肥料堆里拱出一个专门的地方放这卵袋，就在栅栏旁边。在严寒的夜里，它躺着让自己的呼吸能温暖它。对威尔伯来说，它生活中再没有一样东西比得上这小圆球重要——不管是什么东西。它耐心地等着冬天结束，这些小蜘蛛诞生。①

这是《夏洛的网》结尾部分的一段话。夏洛死后，威尔伯把自己的全部心思都放在照顾好朋友夏洛的卵袋上。进行《夏洛的网》整本书阅读教学时，我们可以把结尾这段话提取出来，让学生仔细地阅读体会，然后提出这样一个问题：小猪威尔伯为什么要全心全意呵护夏洛的卵袋呢？这个

---

① 怀特. 夏洛的网 [M]. 任溶溶，译. 上海：上海译文出版社，2014: 169.

问题就会引发学生对作品主题的思考，而在思考主题的时候就必然要回顾和把握《夏洛的网》这本书。

我读这段文字时，为威尔伯对友情的忠诚而动容，总感觉夏洛似乎并没有离去。在我眼里，那装满新生命的卵袋像是由夏洛和威尔伯的友情融合而成的。此时的威尔伯已不再是从前的威尔伯，他的生命里已融入了夏洛的生命。而夏洛的后代也不仅仅是夏洛的后代，他们的生命里也有威尔伯的生命在延续。《夏洛的网》中以生命相许的友情是沉重、可贵且动人心魄的。我们从这个角度切入，就能进入作品的深层，进入作品的主题。

3. 要关注作者在书中使用的修辞手法

我们在进行整本书阅读教学时，当然可以从故事情节、人物性格等角度介入，但是我们也可以从另一个角度来把握，那就是关注整本书中的修辞手法。

我以《塔拉克山的熊王》为例进行说明。本书共有16章，16章的题目分别是：两眼新泉，清泉与水坝，鳟鱼池，渗入沙地中的溪流，山麓的小河，决堤，洪水，松林里的咆哮，水与火，逆流，浅滩、漩涡、池塘、涌起的洪水，深深的河床，大洪水，滚滚洪流，困在内陆。看到这样的目录，你大概会想："这是一个关于水流的故事。"但实际上，这是作者使用的一种隐喻修辞——表面上是写水流，实际是写熊王的生活经历与命运。作者用"水"的隐喻突显熊王的性格与命运。我们知道，泉水最初流淌下来时是自由的，但接着就会遇到各种地形的束缚。作者正是用自由之水遇到束缚，来比喻熊王渴望自由的性格与其最终的命运。因此，我们在进行《塔拉克山的熊王》的整本书阅读教学时，就可以紧紧抓住"隐喻"这个修辞手法在书中的连续性运用，将阅读活动贯穿起来。

具体来说，开篇的"两眼新泉"就是一种隐喻。作者在小说中是这样写的：

  两眼清泉汇成小溪流到山间，渐行渐深，愈流愈宽，相依相伴；他们跨越障碍，在阳光下嬉戏，尽管一路上总被不断磕绊，但他们总能以各种形式化险为夷，向着前方，向着远方，前进。①

  作者表面上是写泉水，其实是以此说明两只小熊的生活和命运。因为在这个时候，两只小熊被一个猎人抓住并养了起来。

  在小说的最后，作者写了一段与开头"两眼新泉"的描写紧密呼应的文字：

  那河，发源于塞拉山的一侧，一路欢快地奔腾，穿过山上的松林，越过人工的屏障，力量越发壮大，直抵平原，强猛地冲进了"湾中之湾"，却在那里成为了一位囚徒。

  金门的囚徒，寻找着那"蓝色的自由"，寻找着、暴怒着——暴怒着、寻找着——来来去去，永不停歇——却总是徒劳无功。②

  这一段文字能让我们读者为之动容，很有力量。这段文字写河流最后成为囚徒，显然是一种象征，象征着熊王的命运。熊王的悲剧命运是谁造成的？当然是我们人类。《塔拉克山的熊王》反映出了人类对渴望自由的动物的束缚，而渴望自由的动物（比如熊王）并没有能力做出反抗。这本动物小说一方面让我们了解了真实的动物世界，另一方面也能让我们反思并反观人类自身。

---

①② 西顿.塔拉克山的熊王[M].苏天，译.北京：中国青年出版社，2014：10，178-179.

问与答

问：我觉得自己语文功底不够深厚，在组织孩子们进行整本书阅读时，常找不到这些经典作品背后的可学之处。我可以先从哪些简单的方面入手来引导孩子们呢？

答：我觉得你要记住开卷有益。即便你在阅读指导方面没有更多的经验和深入的研究、体会，你也完全可以进行整本书阅读教学。你要找到那些真正具有阅读价值的、经典的、优秀的作品。我刚刚讲了整本书的分类，你可以有意识地向学生推荐那些真正意义上的长篇作品、真正具有成长意味的作品。从哪里可以找到这样的好书呢？可以从一些研究者的著作中找到。比如，我在《经典这样告诉我们》中就讨论了各种各样的儿童文学经典。你可以把我提到的那些经典作品找来看看，如果你也很认同我的阅读感受，你也觉得这些作品很打动你，你就把它们介绍给你的学生。当然，你也要细读这些经典作品，读完之后你看学生有什么要跟你讨论的。学生有的时候会自然地生发出一些问题，而这些问题往往都很重要、很有价值。当他们提出问题时，你就根据自己的阅读体会做出回应。这反而比你对照着书本上的策略去分析的效果要好，因为有的时候一些策略反而会让你偏离正确的方向。别着急，一点一点地积累。像这样自己先读到好书，再介绍给学生，学生有了问题后再来跟你讨论，我相信你慢慢地就能积累出自己的一些教学方法。